MANESSE BIBLIOTHEK DER WELTLITERATUR

Zangwill · Der König der Schnorrer

ISRAEL ZANGWILL

DER KÖNIG DER SCHNORRER

Roman

Aus dem Englischen
übersetzt von Trude Fein
Nachwort von Herbert Tauber

MANESSE VERLAG

Titel des englischen Originals:
The King of Schnorrers, London 1894

ISBN 3–7175–1594–2 (Leinen)
ISBN 3–7175–1595–0 (Leder)

 · Druck: Conzett + Huber AG, Zürich
Imprimé en Suisse · Printed in Switzerland

DER KÖNIG DER SCHNORRER

1. Kapitel
In welchem berichtet wird, wie der boshafte Wohltäter zum Fischausträger erniedrigt wurde.

Zur Zeit, als Lord George Gordon zum Judentum übertrat und in den Verdacht des Irrsinns geriet; als England, aus Ehrfurcht vor den Weissagungen, seinen Juden jedes Bürgerrecht außer dem des Steuerzahlens verweigerte; als das *Gentleman's Magazine* böse Worte für den ungläubigen Fremdling fand; als jüdische Ehen für ungültig und testamentarische Legate zugunsten von hebräischen Lehranstalten für null und nichtig angesehen wurden; als man einen Propheten, der gewagt hätte, *Primrose Day* zu prophezeien, in Eisen gelegt hätte, obzwar Mr. Pitt Benjamin Goldsmids Meinung über die Auslandanleihen sein privates Ohr lieh – zu jener Zeit, da Tewele Schiff Rabbi in Israel war, da Dr. de Falk, der Meister des Tetragrammaton, als Heiliger und kabbalistischer Magier in Wellclose Square wirkte und der Komponist von «Nelsons Tod» als Chorknabe in der Großen Synagoge – da trat Joseph Grobstock, eine Stütze der letzteren, eines schönen Nachmittags als einer der letzten im Strom der Andächtigen in den Frühlingssonnenschein hinaus, einen großen Beutel aus Segeltuch in der Hand und den Schalk im Auge.

Man hatte einen außerordentlichen Bitt- und Dankgottesdienst für die glückliche Genesung Seiner Majestät abgehalten, und der Kantor hatte sich mit klangvoller Stimme für den königlichen George und «unsere allerliebenswürdigste Königin Charlotte» bei der Vorsehung ins Mittel gelegt. Die Gemeinde war zahlreich und elegant vertreten – in weit höherem Maß, als wenn es bloß um den himmlischen Herrscher ging –, und so drängten sich auch im Hof eine ganze Reihe von Schnorrern*, die auf das Erscheinen des Publikums warteten, wie etwa das Vestibül des Opernhauses von wartenden Dienern gesäumt ist.

Es war eine buntgemischte Schar mit wirren Bärten und langen Haaren, die sich zu Locken kräuselten, wenn es auch nicht die von der Mode vorgeschriebenen Locken waren. Der Tuchkaftan des deutschen Ghettos war allerdings in den meisten Fällen gegen die Knie-

* Der jüdische Schnorrer unterscheidet sich insofern vom christlichen Bettler, als er dem frommen Juden dazu verhilft, seine wichtigste religiöse Pflicht zu erfüllen, das heißt Wohltaten zu vollbringen. In diesem Sinne wird er seinerseits zum Gönner, ja gleichsam zum Wohltäter des Spenders und ist sich dieser Rolle mit großer Arroganz bewußt. (Anm. d. Übers.)

hose und die vielknöpfige Jacke des Londoners vertauscht; wenn die Kleider, die man vom Kontinent mitgebracht hat, abgetragen sind, muß man wohl oder übel die Tracht der Höherstehenden anlegen oder sich zum Kauf neuer bequemen. Viele trugen Wanderstäbe und hatten ihre Lenden mit bunten Tüchern gegürtet, als wären sie jeden Augenblick bereit, aus dem Lande der Knechtschaft in die Heimat zurückzukehren. Ihr jammervolles Aussehen kam fast ausschließlich durch mangelhaftes Waschen zustande – natürliche oder durch Unfälle erworbene Mißbildungen trugen nur wenig dazu bei. Die allerwenigsten konnten sich mit körperlichen Übeln brüsten, und kein einziger stellte offene Wunden oder gräßliche Verwachsungen zur Schau, wie es die aussätzigen Bettler in Italien oder die Krüppel von Konstantinopel tun. So krude Methoden sind in der höheren Kunst des Schnorrens verpönt. Ein grüner Augenschirm mochte auf eine Sehschwäche hindeuten, doch der stockblinde Mann trug kein prahlerisches Plakat – sein Leiden war eine langjährige, dem Publikum wohlbekannte Tatsache, die dem Betroffenen einen bestimmten Status in der Gemeinde sicherte. Er war kein anonymes Teilchen, wie es, dem Zufall preisgegeben, unstet und eingeschüchtert durch die Christenheit dahintreibt. Am seltensten war in diesem Schaugepränge jüdischer Armut der Anblick eines hohlen Hosenbeins oder leeren Ärmels wie auch des hölzernen Glieds, das die beiden auszufüllen und marktschreierisch aus ihnen herauszuragen pflegt.

Sobald die Schnorrer Joseph Grobstock sichteten, fielen sie unter laut schallenden Segenswünschen über ihn her, während er, keineswegs erstaunt, aber mit wichtigtuerischer Miene, durch die Segnungen hindurchsegelte und der Schalk in seinem Auge zu einem boshaften Funkeln wurde. Außerhalb des Gittertors, wo die Menge sich am dichtesten scharte und einige elegante Kabrioletts, die Gläubige aus dem fernen Hackney hergebracht hatten, sich zum Wegfahren anschickten, blieb er, von laut schreienden Schnorrern umringt, stehen und versenkte seine Hand langsam und feierlich in den Beutel. Die Bettler erstarrten in atemloser Erwartung, und Joseph Grobstock genoß den einen Augenblick des köstlichsten Selbstgefühls, wie er stolzgeschwellt im hellen Sonnenlicht dastand.

Unter den Juden des achtzehnten Jahrhunderts gab es so gut wie keinen Mittelstand. Die Welt war in Reiche und Arme geteilt; die Reichen waren sehr, sehr reich und die Armen sehr, sehr arm, so daß jedermann seinen Platz kannte. Joseph Grobstock war zufrieden mit dem, den Gott ihm zuzuweisen beliebt hatte. Er war ein joviales, hängebackiges Individuum mit glattrasiertem Doppelkinn und trug, wie es sich für eine so hochrespektable Standesperson ziemte, einen schönen blauen Leibrock mit einer Reihe großer gelber Knöpfe. Die gefältelte Hemdbrust, der hohe Kragen nach der allerneuesten Mode und die üppige weiße Halsbinde ließen den fleischigen roten Hals doppelt massig hervortreten. Auf dem Kopf, der nicht der Perücke und des Zöpfchens ermangelte, trug er einen sogenannten Quäkerhut.

Was Joseph Grobstock jetzt aus seinem Beutel zog, war ein winziges weißes Papierpäckchen, und sein spezieller Humor bewog ihn, es in die Hand zu legen, die am weitesten von seiner Nase entfernt war – denn es war kein feiner, sondern ein grobschlächtiger Humor, der ihn zum Beispiel herzlich lachen ließ, wenn der Hut eines Mitmenschen vom Wind davongetragen wurde, ihm aber nicht viel Trost einbrachte, wenn es seinen eigenen zu jagen galt. Seine Scherze kitzelten nicht zart, sie hauten einem grob auf den Rücken.

Das war der Mann, der nun den selbstgefälligen Mittelpunkt aller Blicke bildete, sogar solcher, in denen keine Bitte zu lesen war, sobald nur die Menge das Prinzip seiner wohltätigen Operationen erfaßt hatte. Der erste

Schnorrer, der mit fiebernden Händen sein Päckchen aufriß, hatte ein Zweishillingstück darin gefunden, und im gleichen Augenblick wußten, bis auf den blinden Bettler, alle wie durch ein elektrisches Signal, daß Joseph Grobstock Gulden verteilte! Der Wohltäter wiederum war sich des allgemeinen Bewußtseins bewußt, und es zuckte um seine Lippen. Schweigend tauchte er wieder in den Beutel und legte ein weißes Päckchen diesmal in die Hand, die ihm am nächsten war. Das schmutzige Gesicht des also Beglückten leuchtete in heller Freude auf, um sich alsbald zu einer Maske des Abscheus zu verzerren.

«Ihr habt Euch geirrt! Ihr habt mir einen Penny gegeben!» schrie der Bettler.

«Behaltet ihn als Lohn für Euere Redlichkeit», erwiderte Joseph Grobstock unerschütterlich und tat, als bemerke er das Gelächter der übrigen nicht. Der dritte Bettler hörte auf zu lachen, als er entdeckte, daß in seinem Päckchen nur ein armseliges Sixpencestück steckte. Jetzt war es offenkundig, daß der große Mann sozusagen Lotterielose verteilte, und die Aufregung der buntscheckigen Menge steigerte sich von Sekunde zu Sekunde. Grobstock fuhr fort, aus seinem Sack zu schöpfen, wobei er mit wahren Luchsaugen jeden ertappte, welcher die Hand zum zweitenmal auszustrecken versuchte. Eines der wenigen Goldstücke aus dem Glücksbeutel fiel dem einzigen Lahmen zu, der vor Freude auf seinem gesunden Bein herumzutanzen begann, während der arme Blinde seinen halben Penny einsteckte, ohne etwas von seinem Pech zu merken; er wunderte sich nur, daß die Münze in Papier eingepackt war.

Mit der Zeit vermochte Grobstock seine Heiterkeit nicht mehr zurückzuhalten, und die letzten Szenen der Lotterie waren von seinem breiten Lachen begleitet. Sein Amüsement war groß und vielschichtig. Da waren nicht nur die allgemeine Überraschung über diese neue Art des Almosenspendens, sondern obendrein die individuellen Überraschungen, die sich in allen Einzelheiten auf einem Gesicht nach dem anderen malten, da es je nach dem Inhalt der Hülle aufleuchtete oder sich verdüsterte; und als Unterströmung ein köstliches Durcheinander von Ausrufen und Segenswünschen, von ausgestreckten und zurückgezogenen Händen, ein rascher Wechsel der Gestalten, was alles die Szene zu einem bunten Strauß von Aufregungen machte. Das breite Lachen drückte sowohl Belustigung wie Genugtuung aus, und die Genugtuung entsprang zum Teil echter Herzensgüte - denn Grobstock war ein leichtlebiger Mann, der es im Leben leicht gehabt hatte. Zum Schluß waren die Bettler erschöpft, ehe noch die Päckchen alle waren, doch der Wohltäter hatte keine Angst, daß er sie nicht anbringen würde. Nachdem er das Maul des beträchtlich erleichterten Beutels geschlossen und ihn fest bei der Kehle gepackt hatte, setzte er wieder seine gewohnte feierliche Miene auf und bewegte sich langsam wie ein imposantes Schatzschiff die sonnbeschienene Straße entlang. Sein Weg führte nach Goodman's Fields, wo sein herrschaftliches Haus lag, und er wußte genau, daß das schöne Wetter reichlich Schnorrer hervorlocken würde. Tatsächlich begegnete er schon nach wenigen Schritten einer Gestalt, die er, soviel er sich erinnerte, noch nie erblickt hatte.

Am Anfang der engen Gasse, die nach Bevis Marks führte, lehnte an einem Pfosten ein hochgewachsener, schwarzbärtiger Mann mit einem Turban, der auf den ersten Blick als Angehöriger der Schnorrergilde kenntlich war. Joseph Grobstocks Hand fuhr mechanisch in den Glücksbeutel, zog ein sauber gefaltetes Päckchen hervor und reichte es dem Fremden.

Der Fremdling nahm die Gabe huldvoll entgegen und öffnete sie feierlich, während der Spender etwas linkisch zauderte, um den Ausgang mitanzusehen. Auf einmal verdüsterte sich das dunkelhäutige Gesicht zu einer Gewitterwolke, die Augen schossen Blitze.

«Ein böser Geist soll in die Gebeine Euerer Ahnen fahren!» zischte der Fremdling zwischen blitzendweißen Zähnen hervor. «Seid Ihr zurückgekommen, um mich zu beleidigen?»

«Verzeihung - ich bitte um Verzeihung!» stammelte der Magnat ganz verblüfft. «Ich hatte Euch für einen - einen - einen Armen gehalten!»

«Und darum wolltet Ihr mich beschimpfen!»

«Nein, nein - ich wollte Euch helfen!» murmelte Grobstock, röter und röter werdend. War es möglich, daß er seine Wohltätigkeit einem unwürdigen Millionär aufgedrängt hatte? O nein! Aus dem ganzen Gewölk seiner eigenen Verwirrung und der Wut des anderen trat die unverkennbare Gestalt eines Schnorrers hervor. Ein Irrtum war unmöglich. Niemand außer einem Schnorrer würde einen hausgemachten Turban tragen, den Sproß einer schwarzen Mütze, die mit einem weißen Tuch umwunden war. Und niemand außer einem Schnorrer würde die ersten neun Knöpfe seiner Weste aufgeknöpft lassen oder, falls diese Lässigkeit durch das warme Wetter bedingt war, ihr durch das Tragen eines Mantels entgegenwirken, schwer und dick wie eine Pferdedecke, mit tassengroßen Knöpfen und Schößen, die beinahe bis auf die Schuhschnallen hinabhingen, wobei diese Länge allerdings der seines Untergewandes entsprach, das auch schon bis zum unteren Rand seiner Kniehosen reichte. Wer außer einem Schnorrer würde sich schließlich diesen Mantel mit lose herabbaumelnden Ärmeln wie einen Umhang um die Schultern werfen, so daß er, von der Seite gesehen, den Eindruck von Armlosigkeit hervorrief? Ganz abgesehen von der Schäbigkeit des tabakfarbenen Tuchs, war es offensichtlich, daß der Träger dieses Kostüms sich nicht nach Maß noch Mode kleidete. Doch die Mißverhältnisse seines Anzugs erhöhten nur den pittoresken Eindruck einer Persönlichkeit, die sogar in einem Bad aufgefallen wäre, obwohl wenig Wahrscheinlichkeit bestand, sie dort anzutreffen. Der wild wuchernde, ungekämmte Bart war kohlschwarz und vereinte sich auf den Wangen mit dem Rabenhaar, so daß das lebhafte Antlitz ganz von Schwarz umgeben war. Es war ein längliches, spitz zulaufendes Gesicht, dessen Lippen rot durch den dichten Haarwald schimmerten. Unter den hochgewölbten schwarzen Brauen funkelten große, tiefliegende Augen, auf der niedrigen, aber breiten Stirn ringelten sich widerspenstige Haarsträhnen unter dem Turban hervor. Die rechte Hand umfaßte einen glatten Stab aus Eschenholz.

Der wackere Joseph Grobstock fand die Gestalt des Bettlers nur allzu imposant. Er wich voll Unbehagen vor dem empörten Blick zurück.

«Ich wollte Euch helfen», wiederholte er.

«Und so hilft man einem Bruder in Israel?» erwiderte der Schnorrer und warf das Päckchen dem Wohltäter verächtlich ins Gesicht. Es traf ihn an der Nasenwurzel, aber so leicht, daß er sofort begriff, was los war: das Papier war leer - der Schnorrer hatte die einzige Niete erwischt, die der gutmütige Grobstock in den Beutel getan hatte.

Die Dreistigkeit des Schnorrers ernüchterte Joseph Grobstock vollständig. Sie hätte ihn aufreizen können, den Kerl zu züchtigen, doch seine bessere Natur behielt die Oberhand. Er begann sich zu schämen und in seinen Taschen verlegen nach einem Kronenstück zu suchen, hielt aber inne, weil er fürchtete, einem so hervorragenden Charakter würde dieses Sühneopfer durchaus ungenügend erscheinen und er schulde dem Fremden mehr als eine Silbermünze - nämlich eine Entschuldigung. Er schickte sich auch gleich an, die Schuld redlich zu begleichen, doch er tat es in der ungeschickten Art eines Menschen, der nicht gewöhnt ist, mit dieser Währung umzugehen.

«Ihr seid ein frecher Mensch», sagte er, «doch ich will Euch zugute halten, daß Ihr

Euch gekränkt fühlt. Ich wußte wahrhaftig nicht, daß nichts in dem Papier steckt, das versichere ich Euch.»

«Dann hat Euer Verwalter mich bestohlen!» rief der Schnorrer erregt. «Ihr laßt ihn die Pakete machen, und er stiehlt mein Geld – der Räuber, der Missetäter! Dreimal verflucht soll sein, wer die Armen beraubt!»

«Ihr versteht nicht», unterbrach der große Mann sanftmütig. «Die Päckchen habe ich selbst gemacht.»

«Und dann sagt Ihr, Ihr wißt nicht, was darin ist? Geht, Ihr spottet meiner Armut!»

«Nein, hört mich zu Ende!» bat Grobstock verzweifelt. «In ein paar Päckchen hatte ich ein Goldstück getan, in die meisten Silber, in einige wenige Kupfermünzen und in ein einziges – gar nichts. Ihr habt die einzige Niete gezogen. Das war Euer Mißgeschick.»

«*Mein* Mißgeschick?» gab der Schnorrer aufgebracht zurück. «Das ist *Euer* Mißgeschick! Habe ich es denn selbst gezogen? Der Allmächtige, geheiligt sei Sein Name, hat Euch für Euere herzlosen Scherze mit den Armen bestraft – denn Ihr habt Euch über ihr Unglück belustigt, wie die Philister sich über Samson belustigten. Die gute Tat, die Ihr durch eine milde Gabe an mich als Gewinn hättet buchen können, Gott hat sie Euch genommen. Er hat Euch für unwürdig erklärt, durch mich zu Gerechtigkeit zu gelangen. Weiche von mir, Mörder!»

«Mörder!» wiederholte der Wohltäter, verblüfft über die strenge Auffassung seiner Tat.

«Jawohl, Mörder! Steht nicht im Talmud, daß ein Mann, der den anderen beschämt, nicht besser ist als einer, der sein Blut vergießt? Und habt Ihr mich nicht beschämt? Wenn jemand bei Euerem Almosengeben zugesehen hätte, hätte er nicht in meinen Bart gelacht?»

Die Stütze der Synagoge hatte das Gefühl, als würde ihr Bauch einschrumpfen.

«Aber die anderen...», murmelte er bittend. «Deren Blut habe ich doch nicht vergossen. Habe ich ihnen nicht großzügig von meinem schwerverdienten Gold gegeben?»

«Zu Euerer eigenen Belustigung», erwiderte der Schnorrer ungerührt. «Was aber sagt der Midrasch? Ein Rad dreht sich in der Welt – nicht der ist morgen reich, welcher heute reich ist, denn diesen erhöhet Er und jenen erniedriget Er, wie geschrieben steht im fünfundsiebzigsten Psalm. Darum pocht nicht auf Euere Gewalt und redet nicht halsstarrig!»

Er stand hoch aufgereckt vor dem unseligen Kapitalisten, wie ein Prophet der alten Zeit, der einen übermütig aufgeblähten Herrscher anklagt. Der Arme griff sich unwillkürlich an seinen hohen Kragen, als wünschte er seine scheinbare Überheblichkeit zum Verschwinden zu bringen, doch in Wirklichkeit, weil ihm der schwere Vorwurf des Schnorrers den Atem verschlug.

«Ihr seid mir ein unbarmherziger Mensch», keuchte er, in eine unvorhergesehene Verteidigungsstellung gedrängt. «Ich tat es nicht aus Übermut, sondern aus Gottvertrauen. Weiß ich nicht, daß Gott dasitzt und ein Rad dreht? Darum maßte ich mir nicht an, es selbst zu drehen. Hab ich's nicht der Vorsehung überlassen, wer das Silber haben soll und wer das Gold, wer das Kupfer und wer das leere Papier? Überdies weiß Gott allein, wer wirklich meine Hilfe braucht. Ihn habe ich zu meinem Almosenpfleger gemacht. Ich habe meine Last dem Ewigen aufgebürdet.»

«Lästerer!» kreischte der Schnorrer. «Wortverdreher! So wollt Ihr Euer Spiel mit dem heiligen Text treiben! Wißt Ihr nicht mehr, wie der nächste Vers lautet? ‹Denn die Blutdürstigen und die Betrüger werden nicht die Hälfte ihrer Tage erleben.› Schämt Euch - Ihr, ein *Gabbai*, Schatzmeister der Großen Synagoge! Ihr seht, Joseph Grobstock, ich kenne Euch. Hat nicht der Diener Euerer Synagoge sich mir gegenüber gebrüstet, daß Ihr ihm für das Abbürsten Euerer Gamaschen eine Guinee gegeben habt? Würdet Ihr auf den Gedanken kommen, *ihm* eins von Eueren Päckchen anzubieten? Nein, auf den Armen trampelt man herum, deren Verdienstlichkeit doch weit größer ist. Aber der Allmächtige wird andere finden, die Seine Anleihen aufnehmen - denn wer sich der Armen erbarmet, leihet dem Herrn. Ihr seid kein wahrer Sohn Israels.»

Die lange Tirade des Schnorrers erlaubte es Grobstock, seinen Atem und seine Würde wiederzuerlangen.

«Wenn Ihr mich wirklich kenntet, wüßtet Ihr, daß der Allmächtige beträchtlich in meiner Schuld steht», erwiderte er ruhig. «Wenn Ihr nächstens über mich zu reden wünscht, sprecht mit den Psalmenlesern, nicht mit dem Diener. Nie habe ich die Bedürftigen im Stich gelassen. Und obwohl Ihr Euch unverschämt und unbarmherzig gezeigt habt, bin ich noch jetzt bereit, Euch zu unterstützen, sofern Ihr in Not seid.»

«Sofern ich in Not bin!» wiederholte der Schnorrer höhnisch. «Gibt es etwas, das ich nicht benötige?»

«Ihr seid verheiratet?»

«Ihr verbessert mich zu Recht - Weib und Kinder sind das einzige, dessen ich nicht ermangle.»

«Das tut kein Armer», meinte Grobstock mit seinem alten, humorvollen Blinzeln.

«So ist es», bestätigte der Schnorrer streng. «Der Arme lebt in Gottesfurcht. Er gehorcht dem Gesetz und den Geboten. Er heiratet jung - und sein Weib ist nicht mit Unfruchtbarkeit geschlagen. Es ist der Reiche, der das Gebot mißachtet, der zögert, unter den Trauhimmel* zu treten.»

«Nun, hier habt Ihr eine Guinee - im Namen meiner Frau», fiel ihm Grobstock lachend ins Wort. «Oder wartet - da Ihr keine Gamaschen bürstet, nehmt noch diese zweite.»

«Im Namen meiner Frau danke ich Euch», erwiderte der Schnorrer würdevoll.

«Dankt mir in Euerem eigenen Namen», sagte Grobstock. «Ich meine damit, nennt ihn mir.»

«Ich bin Manasseh Bueno Barzillai Azevedo da Costa», antwortete der Mann einfach.

«Ein Sephardi**!» rief der Wohltäter.

«Steht das nicht in meinem Gesicht geschrieben, wie es in Euerem geschrieben steht, daß Ihr ein Tedesco, ein Deutscher, seid? Es ist das

* Bei der jüdischen Trauung wird ein Baldachin (auf jiddisch *Chuppe)* über die Köpfe des Brautpaars gehalten. (Anm. d. Übers.)

** *Sephardi* wurden die Juden genannt, die nach der Zerstörung Jerusalems durch die Römer in den Orient und auf die Iberische Halbinsel auswanderten und dort seßhaft wurden, *Aschkenasi* diejenigen, die nach Westen, nach Deutschland und weiter nach Polen und Rußland zogen. Die Unterscheidung wird noch heute gemacht. (Anm. d. Übers.)

erstemal, daß ich Gold von Euerem Geschlecht nehme.»

«Ach wirklich?» murmelte Grobstock, der schon wieder anfing, sich klein zu fühlen.

«Ja – sind wir nicht viel reicher als Euere Gemeinde? Habe ich es nötig, meine eigenen Leute um ihre guten Taten zu bringen? Sie haben ohnehin zu wenig Gelegenheit zum Wohltun, da es unter ihnen so viele Reiche gibt – Makler und Westindien-Handelsleute und...»

«Aber ich bin ebenfalls ein Finanzmann sowie Direktor der Ostindischen Handelsgesellschaft», mahnte Grobstock.

«Mag sein. Aber Euere Gemeinde ist noch jung und hat zu kämpfen. Euere Reichen sind so selten wie die Gerechten in Sodom. Ihr seid die Einwanderer von gestern – Flüchtlinge aus den Ghettos von Rußland, Polen und Deutschland; wir aber, wie Ihr wißt, sind hier seit Generationen ansässig. Auf der Halbinsel wirkten unsere Vorfahren an Königshöfen und verwalteten fürstliche Geldsäckel. In Holland lag der ganze Handel in unserer Hand. Unserem Stamm entsproßten die Dichter und Denker in Israel. Ihr könnt nicht erwarten, daß wir Eueren Pöbel anerkennen, der uns in den Augen Englands herabsetzt. Wir haben den Namen Jude zu Ehren gebracht, Ihr erniedrigt ihn. Ihr seid wie der durcheinandergewürfelte Haufen, der mit unseren Vätern aus Ägypten auszog.»

«Unsinn!» rief da Grobstock scharf. «Alle Söhne Israels sind Brüder.»

«Esau war Israels Bruder», antwortete Manasseh salbungsvoll. «Doch jetzt entschuldigt mich, wenn ich auf den Markt eile. Es ist ein Vergnügen, Gold in der Hand zu haben.» In dem letzten Satz lag eine wehmütige Sehnsucht, die dem ersten den Stachel nahm, und Grobstock empfand Gewissensbisse, daß er einen Wortstreit mit einem hungrigen Mann führte, dessen Angehörige vermutlich gottergeben zu Hause saßen und darbten.

«Freilich, lauft nur rasch hin», sagte er freundlich.

«Wir sehen uns wieder», sprach Manasseh und winkte zum Abschied mit der Hand. Dann bohrte er seinen Stab in das Kopfsteinpflaster und stapfte davon, ohne einen einzigen Blick auf seinen Wohltäter zurückzuwerfen.

Grobstocks Weg führte ihn auf Manassehs Spur nach Petticoat Lane. Er hatte keineswegs die Absicht, ihm zu folgen, sah aber andererseits nicht ein, warum er aus Angst vor dem Schnorrer seine gewohnte Route ändern sollte, besonders da Manasseh sich nicht umwandte. Inzwischen erinnerte sich Grobstock auch wieder an den Beutel, den er noch immer in der

Hand trug, doch er hatte keine Lust, seinen Scherz fortzusetzen. Er fühlte sich schuldbewußt und griff lieber zu den Münzen in seinen Taschen, während er sich durch die enge, von Menschen wimmelnde Marktstraße drängte, wo er persönlich kaum jemals etwas zu kaufen pflegte außer Fisch und Wohltaten. Auf beiden Gebieten war er Kenner. Heute erstand er viele gute Taten für billiges Geld, indem er für Waren, die er nicht brauchte – Schuhbänder, Stockschleifen, Gerstenzucker und Butterplätzchen –, jeweils ein paar Pennies zahlte und die Dinge nicht mitnahm. Plötzlich aber erblickte er durch eine Lücke in der dichten Menschenmasse einen kleinen, besonders verlockenden Lachs auf dem Tisch eines Fischhändlers. Seine Augen leuchteten auf, das Wasser lief ihm im Mund zusammen. Er bahnte sich mit kräftigen Ellbogenstößen einen Weg zu dem Verkäufer, dessen Augen ebenfalls zu leuchten begannen, während er respektvoll an seinen Hut griff.

«Guten Abend, Jonathan», grüßte Grobstock jovial. «Ich nehme den Lachs. Wieviel?»

«Verzeiht!» ertönte eine Stimme aus der Menge. «Ich feilsche gerade darum.»

Grobstock fuhr zusammen. Die Stimme gehörte Manasseh.

«Laßt den Unsinn, da Costa», rief der Fischhändler. «Ihr wißt doch, daß Ihr mir meinen

Preis nicht zahlt. Es ist der einzige Lachs, den ich noch habe», fügte er, halb zu Grobstock gewandt, hinzu. «Ich kann ihn nicht unter zwei Guineen abgeben.»

«Da habt Ihr Euer Geld!» rief Manasseh mit leidenschaftlicher Verachtung und ließ zwei Goldstücke mit melodischem Klang auf dem Blechtisch kreiseln.

Große Sensation in der Menge, in Grobstocks Brust aber Erstaunen, Entrüstung und Bitterkeit. Einen Moment lang verschlug es ihm die Rede. Sein Gesicht lief purpurrot an. Die Schuppen des Fisches schimmerten wie eine himmlische Vision, die ihm infolge seiner eigenen Dummheit entschwand.

«Ich nehme den Fisch, Jonathan!» rief er, vor Aufregung stotternd. «Drei Guineen!»

«Verzeiht», mischte sich Manasseh ein, «Ihr kommt zu spät. Dies hier ist keine Versteigerung.» Und er packte den Fisch beim Schwanz.

Grobstock fuhr, einem Schlagfluß nahe, auf ihn los. «Du!» schrie er. «Du – du – Spitzbube! Wie kannst du dich unterstehen, Lachs zu kaufen!»

«Selber Spitzbube!» gab Manasseh zurück. «Soll ich ihn vielleicht stehlen?»

«Du hast mir mein Geld gestohlen, du Schuft, du Gauner!»

«Mörder! Blutvergießer! Hast du mir nicht

das Geld aus freiem Willen gegeben, zum Seelenheil deiner Frau? Ich fordere dich vor allen diesen Zeugen auf, dich selber einen Verleumder zu nennen!»

«Ich, ein Verleumder! Ich wiederhole es, du bist ein unverschämter Schurke. Du - ein Habenichts - ein elender Bettler - mit Weib und Kindern! Wie kannst du dich erfrechen und zwei Guineen - volle zwei Guineen - alles, was du auf dieser Welt besitzst - auf einen reinen Luxus wie Lachs vergeuden?»

Manasseh zog seine stark gewölbten Brauen in die Höhe.

«Wann denn soll ich Lachs kaufen, wenn nicht jetzt, wo ich zwei Guineen besitze?» entgegnete er ruhig. «Wie Ihr sagt, ist es ein Luxus und sehr teuer. Meine Mittel erlauben mir nur selten diesen Genuß.» In seinen Worten lag eine würdevolle Wehmut, die den reichen Mann milde stimmte. Der fühlte, daß der Standpunkt des Bettlers nicht ganz unberechtigt war, wenn er selbst auch nie zu dieser Schlußfolgerung gekommen wäre. Trotzdem kochte der gerechte Zorn noch immer in ihm. Er hatte das unbestimmte Gefühl, daß es eine treffende Erwiderung auf Manassehs Rede gäbe; doch auch wenn er sie gekannt hätte, das fühlte er ebenfalls, hätte sie in einem ganz anderen Ton geäußert werden müssen als das bisherige Gespräch. Da er nicht die richtigen Worte fand, schwieg er.

«Im Namen meiner Frau», fuhr Manasseh, den Fisch am Schwanz schwenkend, fort, «ersuche ich Euch, meinen guten Namen von dem Schmutz reinzuwaschen, mit welchem Ihr ihn vor diesen ehrenwerten Handelsleuten befleckt habt. Noch einmal fordere ich Euch auf, vor diesen Zeugen zu bekennen, daß Ihr mir das Geld freiwillig zu wohltätigem Zweck übergeben habt. Leugnet Ihr das?»

«Nein, nein, ich leugne es nicht!» murmelte Grobstock. Er konnte nicht begreifen, warum er sich selber wie ein verprügelter Hund vorkam und wieso er sich eigentlich wegen einer an sich rühmenswerten Tat bei diesem Bettler entschuldigen mußte.

«Ich danke Euch im Namen meiner Frau», sagte Manasseh. «Sie ißt Lachs sehr gern und brät ihn, daß es ein Genuß ist. Und nun – da Ihr Eueren Beutel weiterhin nicht braucht, will ich Euch von seiner Last befreien und meinen Lachs darin heimtragen.» Mit diesen Worten entwand er den Beutel dem schlaffen Griff des verdutzten Tedesco und ließ den Fisch hineingleiten. Der Kopf schaute heraus, überblickte die Szene mit glasig-kaltem, ironischem Auge.

«Einen schönen Nachmittag allen Anwesenden», grüßte der Schnorrer höflich und ging.

Der Wohltäter fand seine Sprache wieder. «Einen Moment!» rief er. «Der Beutel ist nicht leer – es sind noch einige Päckchen darin!»

«Um so besser!» beschwichtigte ihn Manasseh. «So seid Ihr die Versuchung los, weiterhin das Blut der Armen zu vergießen, und mir bleibt es erspart, Euere ganze Spende für den Lachs auszugeben – eine Verschwendung, die Ihr mit Recht gerügt habt.»

«Aber...», begann Grobstock. «Aber...»

«Nein, nein, kein Aber!» Und Manasseh schwenkte verächtlich den Beutel. «Ihr hattet recht. Soeben habt Ihr bekannt, daß Ihr vorher im Unrecht wart – soll ich weniger großmütig sein als Ihr? Angesichts all dieser Zeugen erkenne ich die Berechtigung Eueres Tadels an. Ich hätte nicht zwei Guineen für einen Fisch ausgeben sollen. Das ist er nicht wert. Kommt einmal hier herüber, dann will ich Euch etwas sagen.» Er bog in ein Seitengäßchen gegenüber dem Fischstand ein, außer Hörweite der Umstehenden, und winkte mit seinem Fischbeutel. Dem Ostindiendirektor blieb nichts übrig, als ihm zu folgen. Er wäre dem unverschämten Kerl vermutlich auf jeden Fall nachgegangen, um ihn sich gründlich vorzunehmen, doch jetzt hatte er das demütigende Gefühl, daß er dem Schnorrer auf jeden Wink gehorchte.

«Nun, was habt Ihr mir zu sagen?» fragte er.

«Ich möchte Euch vor künftigem Geldverlust bewahren», antwortete der Bettler in leisem, vertraulichem Ton. «Dieser Jonathan ist ein Sohn der Verderbnis. Der Lachs ist keine zwei Guineen wert, bei meiner Seele nicht! Wärt Ihr nicht dazwischengetreten, ich hätte ihn für fünfundzwanzig Shilling bekommen, aber als Jonathan merkte, daß Ihr ihn haben wollt, hat er natürlich auf seinem Preis bestanden. Ihr werdet doch nicht wollen, daß ich Euretwegen Geld verliere, und mir die Differenz ersetzen, falls ich weniger als siebzehn Shilling im Beutel finde, nicht wahr?»

Der verdutzte Finanzmann sah seine Beschwerde wie durch einen Taschenspielertrick zu nichts werden.

Manasseh fügte schmeichlerisch hinzu: «Ich weiß doch, daß Ihr ein Gentleman seid und an vornehmer Gesinnung keinem Sephardi nachsteht.»

Dieses großmütige Kompliment vollendete den Sieg des Schnorrers, der ihn mit den Worten besiegelte: «Es geht mir um Euer Gewissen. Ihr sollt Euch nicht vorzuwerfen haben, daß Ihr einen armen Mann um ein paar Shilling gebracht habt.»

Grobstock vermochte nur mit schwacher Stimme zu murmeln: «Es sind mehr als siebzehn Shilling im Beutel.»

«Ach, warum seid Ihr als Tedesco geboren?» rief Manasseh hingerissen. «Wißt Ihr, wozu ich nicht übel Lust hätte? Euer Sabbatgast zu sein! Ja, nächsten Freitag will ich zum Abendessen zu Euch kommen, und wir werden gemeinsam die Braut, den heiligen Sabbat, empfangen! Nie noch bin ich am Tisch eines Tedesco gesessen - doch Ihr, Ihr seid ein Mann nach meinem eigenen Herzen. Euere Seele stammt aus Spanien. Also Freitag um sechs - denkt daran!»

«Aber - aber ich pflege keine Sabbatgäste bei mir zu sehen», stammelte Grobstock.

«Keine Sabbatgäste! Nein, ich will nicht glauben, daß Ihr einer der Söhne Belials seid, deren Tisch nur für die Reichen gedeckt ist, und daß Ihr nicht wenigstens einmal in der Woche Euere Gleichheit mit den Armen betont! Euer edles Herz versucht Euere guten Taten zu verbergen. Empfange nicht sogar ich, Manasseh Bueno Barzillai Azevedo da Costa, jede Woche Jankele ben Jitzchock an meinem Sabbattisch? Einen Polnischen! Und wenn ich einen Aschkenasi an meinem Tisch dulde, warum sollte ich nicht weitergehen? Warum sollte ich nicht Euch, einem Aschkenasi, die Möglichkeit geben, mir, einem Sephardi, die gleiche Gastlichkeit zu erweisen? Um sechs also! Ich kenne Euer Haus genau - ein elegantes Gebäude, das Euerem Geschmack Ehre macht. Also habt keine Sorgen, ich werde mich pünktlich einstellen. *A Dios!*»

Diesmal schwenkte er brüderlich den Stock und verschwand um die nächste Ecke. Grobstock stand einen Augenblick wie angenagelt da, vom Gefühl des Unabwendbaren niedergeschmettert, bis ihn plötzlich ein grauenhafter Gedanke durchzuckte.

Leichtherzig, wie er war, würde er sich wohl oder übel mit der Heimsuchung durch Manasseh abfinden. Aber er hatte eine Frau und, was schlimmer war, einen livrierten Diener! Wer konnte einem livrierten Diener zumuten, einen solchen Gast zu erdulden? Vielleicht könnte er, Grobstock, Freitag abend aus der Stadt flüchten? Aber das würde mühselige Erklärungen fordern - und Manasseh würde dann einfach eine Woche später kommen. Das war einmal sicher. Manasseh war wie der grimme Tod - sein Kommen konnte vielleicht hinausgeschoben werden, doch es war unausbleiblich. Ach, das Ganze war gar zu schrecklich! Er mußte die Einladung - Einladung? - um jeden Preis widerrufen. Zwischen Scylla und Charybdis, zwischen Manasseh und seinen Diener gestellt, dünkte es ihn, er könne noch eher dem ersteren die Stirn bieten.

«Da Costa!» rief er angstvoll. «Da Costa!»

Der Schnorrer drehte sich um, und Grobstock erkannte, daß er sich geirrt hatte, wenn er glaubte, er träte noch lieber da Costa entgegen.

«Ihr habt mich gerufen?» fragte der Bettler.

«Ja-a...» Der Ostindiendirektor stand wie gelähmt da.

«Womit kann ich dienen?» erkundigte sich da Costa huldvoll.

«Nehmt es mir nicht übel - aber würdet Ihr mir sehr zürnen - wenn ich Euch bäte...»

Die Worte «nicht zu kommen» blieben ihm in der Kehle stecken.

«Wenn Ihr mich bätet...», ermunterte Manasseh.

«Einige Kleider von mir anzunehmen!» platzte Grobstock, einer plötzlichen Eingebung folgend, heraus. Im Grunde war Manasseh ein stattlich gebauter Mann. Wenn er ihn nur dazu brächte, anständige Kleider anzuziehen, könnte er ihn geradezu als einen exotischen Fürsten einführen - oder ihn jedenfalls sonstwie dem livrierten Diener annehmbar machen. Die Aussicht auf diese glückliche Lösung ließ Grobstock wieder frei atmen.

«Euere abgelegten Kleider?» fragte unterdessen Manasseh. Grobstock vermochte nicht zu erkennen, ob sein Ton hochmütig ablehnend oder gierig war, und beeilte sich, zu erklären: «Nein - eigentlich nicht. Es sind Kleider, die ich selbst noch als zweite Garnitur trage. Meine alten Kleider hat Simeon, der Psalmenleser, zu Pessach* bekommen. Diese sind verhältnismäßig neu.»

«Dann muß ich Euch bitten, mich zu entschuldigen», sagte Manasseh, imposant den Beutel schwenkend.

Grobstock gerann wieder das Blut in den Adern. «Aber warum denn nicht?»

«Ich kann nicht», sagte Manasseh kopfschüttelnd.

«Sie werden Euch gerade passen», versicherte der Wohltäter.

«Um so lächerlicher, daß Ihr sie dem Psalmensinger Simeon gebt», versetzte Manasseh streng. «Doch da er nun einmal Euer ständiger Kleiderempfänger ist, kann nicht die Rede davon sein, daß ich ihm das Amt streitig mache. Das wäre gegen die Etikette. Ich bin erstaunt, daß Ihr mich fragt, ob ich etwas dagegen hätte. Allerdings hätte ich etwas dagegen - sehr viel sogar.»

«Aber er ist nicht mein ständiger Kleiderempfänger», protestierte Grobstock. «Dieses Jahr zu Pessach habe ich sie ihm zum erstenmal gegeben, weil mein Vetter, Hyam Rosenstein, der sie zu bekommen pflegte, gestorben ist.»

«Er betrachtet sich doch sicherlich als den

* Passahfest, Ostern

Erben Eueres Vetters», wandte Manasseh ein, «und erwartet hinfort alle Euere alten Kleider.»

«Nein. Ich habe ihm nichts Derartiges versprochen.»

Manasseh zögerte. «Nun, in diesem Fall...»

«In diesem Fall...», wiederholte Grobstock atemlos.

«Natürlich unter der Bedingung, daß es eine Dauerabmachung ist...»

«Natürlich!» echote Grobstock eifrig.

«Weil es nämlich dem guten Ruf abträglich ist, wenn man einen Klienten verliert, versteht Ihr», geruhte Manasseh zu erklären.

«Ja, ja, gewiß, das verstehe ich», beruhigte ihn Grobstock. Doch er sah sich unversehens in neue Komplikationen hineinschlittern und fügte schüchtern hinzu: «Natürlich werden sie nicht immer so gut sein wie dieser erste Posten, weil...»

«Kein Wort mehr darüber!» unterbrach ihn Manasseh voller Großmut. «Ich will gleich mit Euch gehen und die Kleider holen.»

«Nein, ich schicke sie Euch!» rief Grobstock aufs neue erschrocken.

«Nicht im Traum würde ich das zulassen! Was heißt! Soll ich Euch die ganze Mühe aufbürden, die von Rechts wegen mir zukommt? Ich begleite Euch auf der Stelle. Die Sache soll sofort erledigt werden – so wie geschrieben steht: ‹Ich eilte und zauderte nicht.› Kommt, folgt mir!» Grobstock unterdrückte ein Stöhnen. All seine List hatte ihn nur noch in größere Verlegenheit gebracht. Nun mußte er Manasseh dem livrierten Diener sogar ohne das saubere Gesicht präsentieren, das man zu Sabbat vernünftigerweise hätte erwarten können. Ungeachtet des Bibelwortes, das der gelehrte Schnorrer zitierte, versuchte er die üble Stunde hinauszuschieben.

«Solltet Ihr nicht zuerst den Lachs Euerer Frau bringen?»

«Meine Pflicht ist es, mitzuhelfen, daß Ihr Euere gute Tat sofort ausführt. Meine Frau weiß nichts von dem Lachs. Sie befindet sich nicht in erwartungsvoller Spannung.»

Noch während der Schnorrer sprach, fuhr es Grobstock plötzlich durch den Sinn, daß Manasseh mit dem Lachs präsentabler wäre als ohne – ja, daß der Fisch tatsächlich die Situation rettete! Wenn Grobstock Fisch kaufte, pflegte er oft einen Mann zu engagieren, um seine Erwerbung heimzutragen. Manasseh sah ganz so aus wie ein solcher Tagedieb und Müßiggänger. Wer konnte vermuten, daß der Fisch und sogar der Beutel dem Träger gehörten, wenn auch mit dem Geld des Herrn erworben? Grobstock sandte ein stummes Dankgebet zur Vorsehung empor, die seine Selbstachtung auf so ingeniöse Art bewahrt hatte. Als bloßer Fischausträger würde Manasseh niemandem im Haus auffallen. Wenn er einmal drinnen war, würde es verhältnismäßig leicht sein, ihn auch wieder hinauszuschmuggeln, und wenn er dann Freitag abend kam, würde er im Glanz eines Leibrocks ganz verwandelt erscheinen; sein unbeschreibliches Untergewand würde zu einem Hemd geworden sein und sein Turban zu einem Dreispitz.

Sie kamen in Aldgate heraus und durchschritten nun die Leman Street, eine elegante Wohngegend, und dann die Great Prescott Street. An der kritischen Ecke fühlte Grobstock seinen Mut sinken, darum zog er seine prächtig verzierte Tabaksdose hervor und genehmigte eine tüchtige Prise. Das tat ihm gut. Er schritt weiter und war fast bei seiner eigenen Tür angelangt, als Manasseh ihn plötzlich an einem Rockknopf packte.

«Bleibt einen Moment stehen!» rief er gebieterisch.

«Was ist?» fragte Grobstock erschrocken.

«Ihr habt Eueren Rock ganz voll Schnupftabak», erwiderte Manasseh in strafendem Ton. «Haltet einmal den Beutel, damit ich Euch abbürste.»

Grobstock gehorchte, und Manasseh entfernte jedes Stäubchen mit so peinlicher Sorgfalt, daß der Finanzmann die Geduld verlor.

«Danke», sagte er schließlich, so höflich er konnte. «Das genügt schon.»

«Nein, es genügt nicht», entgegnete Manasseh. «Ich kann nicht dulden, daß Ihr meinen Rock verderbt. Wenn ich nicht dazu Sorge trage, wird er voller Flecken sein, bis er schließlich auf mich kommt.»

«Ach, darum gebt Ihr Euch soviel Mühe?» fragte Grobstock mit gezwungenem Lachen.

«Warum denn sonst? Haltet Ihr mich für einen Tempeldiener - einen Gamaschenbürster?» fragte Manasseh hochmütig. «So - sauberer wird er nicht mehr. Ihr könntet das Verschütten vermeiden, wenn Ihr die Dose richtig hieltet - so...» Und Manasseh nahm ihm sanft die Tabaksdose aus der Hand und begann zu demonstrieren, während er ein paar Schritte weiterging.

«Ach, da sind wir ja schon!» rief er, den Anschauungsunterricht jäh abbrechend. Er stieß das Gartentürchen auf, sprang die Stufen zur Eingangstür hinauf und klopfte donnernd an. Dann nahm er mit großartiger Gebärde eine Prise aus der juwelenbesetzten Tabaksdose.

Hinter ihm schlich krumm und geduckt Joseph Grobstock und trug Manasseh da Costa seinen Fisch nach.

2. Kapitel
In welchem berichtet wird, wie der König regierte.

Als der Finanzmann merkte, daß er in einen Fischausträger verwandelt war, hastete er die Stufen hinauf, um beim Aufgehen der Tür neben dem Schnorrer zu stehen.

Der livrierte Diener war durch den Anblick des Paars sichtlich verblüfft.

«Trag den Fisch in die Küche!» rief Grobstock in letzter Verzweiflung und reichte ihm den Beutel.

Da Costa sah drein wie eine Gewitterwolke und wollte schon losfahren, doch Grobstock suchte verzweifelt seinen Blick zu erhaschen und rief flehentlich: «Wartet einen Augenblick! Ich will mit Euch abrechnen!» Er beglückwünschte sich zu diesem Satz, der in Wilkinsons Ohren etwas ganz anderes bedeuten mußte, und atmete erleichtert auf, als der Lakai verschwand und sie in der weiträumigen Eingangshalle mit ihren Statuen und Topfpalmen allein ließ.

«So wollt Ihr mir also zu guter Letzt meinen Lachs stehlen?» rief da Costa hitzig.

«Still, nicht so laut! Von Stehlen ist keine Rede. Ich will dafür bezahlen.»

«Aber ich verkaufe ihn nicht! Ihr habt von Anfang an danach begehrt – und damit das Zehnte Gebot gebrochen, so wie diese Steinbilder hier das Zweite brechen. Euere Aufforderung, daß ich Euch sogleich hierher begleiten sollte, war also eine gemeine List. Jetzt verstehe ich, warum Euch soviel daran lag.»

«Nein, nein, da Costa. Aber nachdem Ihr mir den Fisch in die Hand gelegt hattet, blieb mir keine andere Wahl, als ihn Wilkinson zu übergeben, weil – weil...» Die Erklärung hätte Grobstock etliche Schwierigkeiten bereitet, doch Manasseh ersparte ihm die Mühe.

«*Meinen* Fisch mußtet Ihr Wilkinson übergeben!» unterbrach er. «Sir, ich hatte Euch für einen feinen Mann, einen Mann von Ehre gehalten. Ich gebe zu, daß ich selber meinen Fisch in Euere Hand legte. Ich zögerte nicht, Euch den Fisch tragen zu lassen – und so zahlt Ihr mir mein Vertrauen zurück!»

In dem wilden Strudel seiner Gedanken klammerte sich Grobstock an das Wort «zurückzahlen», wie ein Ertrinkender einen Strohhalm ergreift.

«Ich will Euch Euer Geld zurückzahlen!» rief er. «Da habt Ihr Euere zwei Guineen! Dafür könnt Ihr Euch einen anderen Lachs kaufen, und sogar billiger. Ihr sagt selbst, diesen hier hättet Ihr für fünfundzwanzig Shilling bekommen können.»

«Zwei Guineen!» Manasseh spuckte beinahe. «Habt Ihr dem Fischhändler Jonathan nicht drei geboten?»

Grobstock war höchst erstaunt, fand es aber unter seiner Würde, mit dem Bettler zu feilschen. Er dachte auch daran, wie köstlich der Fisch munden würde.

«Nun gut, da habt Ihr drei Guineen», sagte er friedfertig.

Doch Manasseh stieß die Münzen zurück. «Drei Guineen! Und wo bleibt mein Profit?»

«Euer Profit!» Grobstock schnappte nach Luft.

«Da Ihr mich zum Händler gemacht, da Ihr mich ins Fischgeschäft gezwungen habt, muß ich meinen Kaufmannsgewinn haben wie jeder andere.»

«Da habt Ihr noch eine Krone drauf!»

«Und meine Entschädigung?»

«Was soll das heißen?» rief Grobstock, am Ende seiner Geduld. «Wofür verlangt Ihr Entschädigung?»

«Wofür? Zumindest für zwei Dinge», erwiderte Manasseh, ohne zu wanken. «Erstens...» Er verfiel bei seiner logisch gegliederten Antwort unwillkürlich in den geheiligten Singsang der talmudischen Dialektik. «Erstens eine Entschädigung dafür, daß ich den Lachs nicht selbst esse. Es ist ja nicht, als hätte ich ihn Euch angeboten – ich vertraute ihn Euch für kurze Zeit an. Im Zweiten Buch Mose steht jedoch geschrieben: ‹Wenn aber jemand seinem Nächsten einen Esel oder Ochsen oder Schafbock oder irgendein anderes Vieh zu bewahren gibt, und es wird beschädigt, so muß er für jeden Schaden oder Verlust, sei es für den Ochsen, den Esel, das Schaf oder etwas anderes, das Doppelte zur Entschädigung erhalten!› Darum müßt Ihr mir jetzt sechs Guineen bezahlen. Zweitens...»

«Keinen Pfennig mehr!» stotterte Grobstock mit puterrotem Kopf.

«Sehr wohl», erwiderte der Schnorrer ungerührt. Er hob die Stimme und rief: «Wilkinson!»

«Halt!» zischte Grobstock leise. «Was fällt Euch ein?»

«Ich will Wilkinson nur sagen, daß er mir mein Eigentum zurückbringen soll.»

«Wilkinson wird Euch nicht gehorchen.»

«*Mir* nicht gehorchen! Ein Dienstbote! Dabei ist er nicht einmal ein Schwarzer. Alle Sephardim, die ich zu besuchen pflege, haben schwarze Lakaien – viel großartiger als Wilkinson –, und sie zittern vor meinem Nicken. Der

Baron D'Aguilar unterhält in seinem Stadtpalais in Broad Street ein Gefolge von vierundzwanzig Bediensteten, und alle...»

«Wie lautet also Euer zweiter Anspruch?»

«Eine Entschädigung dafür, daß Ihr mich zum Fischhändler herabgewürdigt habt. Ich gehöre nicht zu den Leuten, die auf der Straße Waren verhökern. Ich bin ein Sohn der Lehre, ein Talmudgelehrter.»

«Vielleicht läßt sich jeder dieser Ansprüche durch ein Kronenstück abgelten...»

«Ich bin kein Blutsauger. Wie im Talmud, im Abschnitt über das Passahfest, geschrieben steht: ‹Gott liebt den Menschen, der seinem Grimm nicht nachgibt und nicht um sein Recht hadert!› Das macht alles zusammen drei Guineen und drei Kronen.»

«Stimmt. Hier sind sie.»

Wilkinson erschien. «Sie haben mich gerufen, Sir?»

«Nein, *ich* habe Euch gerufen», sagte Manasseh. «Ich wollte Euch ein Trinkgeld geben.» Und er überreichte dem Diener eines seiner drei Kronenstücke. Wilkinson nahm es verdutzt entgegen und zog sich wieder zurück.

«Nun, bin ich ihn nicht auf kluge Art losgeworden?» fragte Manasseh. «Ihr seht, wie er mir gehorcht!»

«Ja-a...»

«Ich werde Euch nicht mehr abverlangen als die eine Krone, die ich ihm gab, um Euere Ehre zu retten.»

«Meine Ehre zu retten!»

«Hätte ich ihm lieber den wahren Grund, warum ich ihn rief, sagen sollen? Daß sein Herr ein Dieb ist? Nein, Sir, ich war darum besorgt, Euer Blut nicht öffentlich zu vergießen, obwohl Ihr keine Rücksicht auf das meine nahmt.»

«Hier ist die Krone!» rief Grobstock wütend. «Nein, ich habe ja noch drei! Hier sind sie!» Er drehte seine Hosentaschen um, um ihre völlige Leere zu zeigen.

«Nein, nein», versetzte Manasseh milde, «ich nehme nur zwei. Behaltet die dritte – Ihr könntet etwas Kleingeld brauchen.» Und er drückte dem großen Mann die Münze in die Hand.

«Ihr solltet künftig nicht so verschwenderisch mit dem Geld umgehen», fügte er mit freundschaftlichem Vorwurf hinzu. «Es ist nicht angenehm, mit leeren Taschen dazustehen – ich kenne diese Verlegenheit und kann sie Euch nachfühlen.» Grobstock stand, mit der wohltätigen Spende in der Hand, sprachlos da. In diesem Augenblick sah er genauso aus wie vorhin Wilkinson – durch ein gar zu großmütiges Trinkgeld verblüfft.

Da Costa machte der kritischen Situation ein Ende, indem er seinem Gastgeber eine Prise aus der juwelenbesetzten Tabaksdose anbot. Grobstock packte habgierig die ganze Dose, die der Bettler ihm widerstandslos überließ. In seiner Dankbarkeit für diese unerwartete Gunst steckte Grobstock die silberne Beleidigung ohne weiteres Aufhebens ein und schritt dem Gast voran zu seinen Kleidern. Er ging auf den Zehenspitzen, um seine Frau nicht aufzuwecken, denn sie legte großen Wert auf ihre Siesta und war imstande, plötzlich aus ihren Gemächern hervorzuschießen wie eine Spinne. Manasseh hingegen stapfte mit seinem Stab wacker die Treppen hinauf. Zum Glück war der Teppich dick.

Die Kleider hingen in einem großen Mahagonispiegelschrank in Grobstocks elegant eingerichtetem Schlafzimmer.

Während Grobstock darin herumkramte, trat Manasseh ans Fenster, teilte die weißen, blaßrosa gefütterten Perservorhänge und blickte zum Tenterground, zur Bleiche, hinüber, die sich an der Rückseite des Hauses ausbreitete. Auf seinen Stab gestützt, betrachtete er die Paare, die in der Abendkühle zwischen den sonnbeschienenen Blumenbeeten oder im Schatten des Buschwerks promenierten. Hie und da leuchtete das strahlende Gesicht einer schwarzhaarigen Schönen wie eine Passionsblume aus dem Grün. Manasseh überblickte die Szene mit mildem Wohlwollen, mit Gott und der Welt zufrieden.

Er geruhte keinen Blick auf die Kleidungsstücke zu werfen, bis Grobstock verkündete: «So! Ich glaube, das ist alles, was ich entbehren kann.» Erst da wandte er sich um und musterte – mit der gleichen wohlwollenden Miene – das Zeug, das Grobstock auf dem Bett ausgebreitet hatte, ein buntes Durcheinander von Kleidungsstücken in ausgezeichnetem Zustand: prächtige Halstücher, in dreispitzige Hüte gestopft, und Schnallenschuhe, die auf weißen Westen herumtrampelten. Doch er hatte kaum einen Blick darauf geworfen, als er plötzlich heftig zusammenfuhr.

«Entschuldigt mich einen Moment!» rief er und hastete zur Tür.

«Was gibt's?» rief Grobstock erstaunt und besorgt. Sollte seine Gabe verschmäht werden?

«Ich bin sofort wieder da!» Und Manasseh eilte auch schon die Treppen hinunter.

Grobstock war wenigstens in einem Punkt erleichtert, aber noch immer voller Unruhe. Er lief auf den Vorplatz. «Was wollt Ihr?» rief er, so laut er wagte, hinter Manasseh her.

«Mein Geld!» schallte es zurück.

Joseph Grobstock dachte, daß der Schnorrer

seine Einnahmen aus dem Lachshandel irgendwo unten liegengelassen hätte, und kehrte ins Schlafzimmer zurück. Dort begann er, halb mechanisch, die Kleidungsstücke zu sortieren, die er wie Kraut und Rüben durcheinandergeworfen hatte. Dabei entdeckte er ein Paar völlig neue, noch ungetragene Beinkleider, die irrtümlich in den Haufen geraten waren. Während er sie in den Schrank zurückhängte, hörte er lautes Schelten. Die Stimme der Köchin, die mit ihren schrillen irischen Tönen unverkennbar an sein Ohr drang, verursachte ihm neues Herzklopfen. Er begab sich wieder auf den Treppenabsatz und reckte den Hals über das Geländer. Glücklicherweise verstummte der Lärm, und im nächsten Augenblick erschien auch Manassehs emporsteigender Kopf. Als seine linke Hand in Sicht kam, bemerkte Grobstock, daß sie den Glücksbeutel umfaßt hielt, mit dem ein gewisser Wohltäter heut nachmittag so fröhlich ausgezogen war. Jetzt schien ihm die Bezeichnung «Unglücksbeutel» besser dafür zu passen.

«Ich habe es wieder errungen!» bemerkte der Schnorrer heiter. «So wie geschrieben steht: ‹Und David errang alles wieder, was die Amalekiter geraubt hatten.› Ihr müßt wissen, in der Aufregung des Augenblicks dachte ich vorhin nicht daran, daß Ihr nicht nur meinen Lachs, sondern auch meine Geldpäckchen gestohlen hattet. Zum Glück hatte die Köchin den Fisch noch nicht aus dem Beutel genommen - ich tadelte sie gehörig für diese Nachlässigkeit, und sie tat ihren Mund auf, aber nicht zu Worten der Weisheit. Wäre sie nicht eine Heidin, hätte ich sie der Gaunerei verdächtigt, denn bis auf Euere Zusicherung, daß die Summe nicht weniger als siebzehn Shilling ausmachte, wußte ich ja nicht, wieviel Geld in dem Beutel war, und es wäre für die Person ein leichtes gewesen, den Fisch wieder hineinzutun. Darum will ich, mit den Worten Davids, dem Herrn Dank sagen unter den Heiden.»

Die Vorstellung, daß Manasseh in seine Küche eingedrungen war, war für Grobstock nicht angenehm. Er murmelte aber nur: «Wie ist Euch das so plötzlich in den Sinn gekommen?»

«Als ich Euere Kleider sah, fiel es mir ein, ob Ihr vielleicht etwas in den Taschen vergessen hättet.»

Der edle Spender fuhr zusammen - denn er kannte seine eigene Nachlässigkeit - und wollte sich gleich an die Durchsicht seiner Kleider machen, doch er erstarrte unter Manassehs funkelndem Blick.

«Habt Ihr etwas dagegen - daß ich nachsehe?» stammelte er schüchtern.

«Bin ich ein Hund?» sprach der Schnorrer würdevoll. «Bin ich ein Dieb, daß Ihr meine Taschen durchsucht? Wenn ich bei meiner Heimkehr etwas in meinen Taschen finden sollte...» Er begann mit dem Daumen die verschiedenen Möglichkeiten zu unterstreichen. «Wenn ich in meinen Taschen etwas finden sollte, das außer Euch niemandem von Nutzen ist, fürchtet Ihr, daß ich es nicht zurückgebe? Wenn ich anderseits etwas finde, das mir von Nutzen ist, fürchtet Ihr, daß ich es nicht behalten werde?»

«Nein - aber...» Grobstock gab auf. Bei all seinem Scharfsinn in finanziellen Dingen begriff er die Beweisführung kaum. Er hatte nur das vage Gefühl, daß der Schnorrer - fachkundig genug - die Frage grundsätzlich falsch stellte.

«Aber? Was aber?» forschte Manasseh. «Ihr werdet doch mich nicht brauchen, um Euch Euere Pflicht zu lehren. So unbewandert könnt Ihr in Mosis Geboten nicht sein.»

«Mosis Gebote schreiben in diesem Punkt nichts vor.»

«Ach wirklich? Und was steht im Fünften Buch Mose geschrieben? ‹Wenn du auf deinem Acker geerntet und eine Garbe vergessen hast auf dem Acker, so sollst du nicht umkehren, dieselbe zu holen, sondern sie soll des Fremdlings, des Waisen und der Witwe sein.› Und ist es nicht ebenfalls verboten, die Ölbäume nachzuschütteln und den Weinberg nachzulesen? Ihr werdet mir beistimmen, daß Moses sicher auch das Verbot, die Taschen der abgelegten Kleider allzu genau zu untersuchen, hinzugefügt hätte, wäre es nicht an dem gewesen, daß unsere Väter die Wildnis vierzig Jahre lang in den gleichen Kleidern durchwanderten, die wunderbarerweise mit ihnen wuchsen. Nein, ich bin sicher, daß Ihr den Geist des Gesetzes achten werdet, denn als ich in die Küche ging und den Türpfosten untersuchte, ob Ihr dort eine Mesusah* angebracht hättet, fand ich eine, und das freute mich - denn ich weiß, daß viele Juden die Mesusah nur an Türpfosten, die den Besuchern ins Auge fallen, zur Schau stellen.»

Dieser Beschwörung vermochte Grobstocks großmütiges Herz nicht zu widerstehen. Es wäre ja wirklich kleinlich gewesen, seine Taschen umzudrehen oder das Rockfutter nach verlorenen Münzen abzutasten. Schließlich hatte Manasseh versprochen, ihm allfällige Papiere und Gegenstände, die nur persönlichen Wert besaßen, zurückzugeben.

* Eine kleine Blechhülse, in der ein zusammengerolltes Zettelchen mit einem Anruf Gottes steckt, ist in frommen jüdischen Häusern an jeder Tür, zumindest aber der Eingangstür befestigt, in Erfüllung des biblischen Gebots: «Meinen Namen sollst du schreiben an deine Tür.» (Anm. d. Übers.)

«Nun gut», sagte er freundlich, im tröstlichen Bewußtsein, daß seine Ärgernisse jetzt – zumindest für den heutigen Tag – zu Ende wären. «Nehmt alles mit, wie es ist.»

«Das ist leicht gesagt», antwortete Manasseh mit einem Anflug von Unmut. «Wie soll ich die Sachen befördern?»

«Oh... Ach... Ja... Es wird sich wohl irgendwo ein Sack finden...»

«Und ich soll sie in einem Sack nach Hause schleppen? Wollt Ihr, daß ich aussehe wie ein Lumpenhändler? Ich brauche einen Koffer. Dort im Kofferfach sehe ich mehrere.»

«Schön», sagte Grobstock resigniert. «Wenn sich ein leerer findet, könnt Ihr ihn haben.»

Manasseh legte seinen Stock auf den Toilettentisch und untersuchte sorgfältig die Koffer. Manche standen nachlässigerweise offen, in allen Schlössern steckten die Schlüssel. Es war weitgereistes Gepäck, denn Grobstock wußte stets das Vergnügen mit dem Geschäftlichen zu verknüpfen.

«Ganz leer ist keiner», verkündete schließlich der Schnorrer, «aber der hier enthält nur ein paar Kleinigkeiten – ein Paar Ledergamaschen und ähnliches. Wenn Ihr mir das zum Geschenk macht, kann der Koffer, von Euerem Standpunkt aus, als leer gelten.»

«Gut.» Grobstock lachte wahrhaftig! Je näher der Abgang des Schnorrers, desto besser wurde seine Laune.

Manasseh zog den Koffer zum Bett und betrachtete nun, zum erstenmal seit seiner Rückkehr aus den unteren Regionen, die darauf ausgebreiteten Kleidungsstücke.

Der Wohltäter, der nun schon sorglos zuschaute, sah, daß sein Gesicht sich schlagartig verfinsterte wie eine tropische Landschaft. Sein eigenes Gesicht erbleichte. Der Schnorrer warf seinem Gönner einen durchbohrenden Blick zu und stieß dabei einen unartikulierten Schrei aus.

«Was gibt es jetzt schon wieder?» stammelte Grobstock.

«Ich vermisse ein Paar Beinkleider!»

Grobstock wurde noch bleicher. «Unsinn!» murmelte er.

«Ich - vermisse - ein - Paar - Beinkleider!» wiederholte der Schnorrer nachdrücklich.

«Nein, nein - Ihr habt hier alles, was ich überhaupt entbehren kann», sagte Grobstock unsicher, während der Schnorrer hastig den ganzen Haufen durchwühlte.

Seine Augen blitzten, er schlug mit der Faust auf die Tischplatte.

«Ich - vermisse - ein - Paar - Beinkleider!» Und er begleitete jede Silbe mit einem donnernden Faustschlag.

Der schwache, nachgiebige Spender durchlebte ein paar schlimme Sekunden.

«Vielleicht», stammelte er schließlich, «vielleicht meint Ihr – meine neuen Beinkleider, die irrtümlich unter Euere Sachen geraten waren...»

«Natürlich meine ich ein neues Paar! Und Ihr habt sie mir einfach weggenommen! Bloß weil ich einen Moment lang nicht hinschaute! Ich habe Euch mit den Sachen alleingelassen, weil ich dachte, ich hätte es mit einem Mann von Ehre zu tun. Über ein altes Paar würde ich mich nicht so aufregen. Aber einem armen Mann seine nagelneuen Beinkleider zu stehlen!»

«Ich brauche sie unbedingt!» rief Grobstock in jähem Zorn. «Morgen muß ich zu einem Empfang gehen, und das sind die einzigen Beinkleider, die ich tragen kann. Ihr seht...»

«Schon gut! Schon gut!» unterbrach ihn der Schnorrer in gleichgültigem Ton.

Und danach herrschte tödliche Stille. Der Schnorrer faltete majestätisch einige Seidenstrümpfe zusammen und legte sie auf den Grund des Koffers. Darauf packte er mit strenger, kummervoller *hauteur* die übrigen Kleider ein. Ganz feine Gewissensbisse begannen Grobstocks Seele wie Nadeln zu durchbohren. Da Costa beendete seine Arbeit, vermochte aber den übervollen Koffer nicht zu schließen. Grobstock setzte stumm seine gewichtige Person auf den Deckel, bis er einschnappte – Manasseh ließ es geschehen, ohne ihn abzuweisen oder es zu billigen. Schließlich drehte er den Schlüssel im Schloß um, kippte den Koffer wortlos, so daß Grobstock herunterrutschte, und schulterte die Last mit vollendeter Leichtigkeit. Dann griff er nach seinem Stab und verließ das Zimmer. Grobstock wollte ihn begleiten, doch der Schnorrer wies ihn mit einer Handbewegung zurück.

«Also, dann auf Freitag!» murmelte der schuldbewußte Finanzmann mit schwacher Stimme.

Manasseh würdigte ihn keiner Antwort, sondern warf die Tür hinter sich ins Schloß.

Der Hausherr ließ sich erschöpft auf sein Bett fallen; er sah nicht viel anders aus als die durcheinandergeworfenen Kleider, an deren Stelle er lag. Nach ein, zwei Minuten riß er sich zusammen und trat ans Fenster. Die Sonne ging hinter den Bäumen des Tenterground unter. «Nun, jedenfalls bin ich ihn los», sagte er und begann ein Liedchen zu summen. Es erstarb auf seinen Lippen, als plötzlich die Tür aufgerissen wurde. Er sah, beinahe mit Erleichterung, daß es nur seine Frau war.

«Was hast du mit Wilkinson gemacht?» rief

sie heftig. Sie war eine behäbige Matrone mit blassem, aufgedunsenem Gesicht und einer Miene, als hätte sie ständig die genaue Ziffer ihrer Mitgift vor den Augen.

«Mit Wilkinson, meine Liebe? Gar nichts.»

«Er ist nicht zu Hause. Ich brauche ihn, aber die Köchin sagt, du hättest ihn fortgeschickt.»

«Ich? Nein, gewiß nicht», erwiderte er mit wachsendem Unbehagen, während er ihrem skeptischen Blick auszuweichen suchte.

Plötzlich erweiterten sich seine Pupillen. Seine Augen nahmen durchs Fenster ein schier unglaubliches Bild wahr: Wilkinson, der Unnahbare, der Unbeugsame, schritt über die Kieswege des Tenterground, die Schultern tief unter der Last eines Koffers gebückt! Ihm voran schlenderte leichtfüßig der Schnorrer.

Während seiner ganzen Dienstzeit in Grobstocks Haus hatte Wilkinson nie etwas anderes auf dem Rücken getragen als seine Livree. Grobstock hätte ebensogut träumen können, daß seine Frau sich herablassen würde, ein Kattunkleid anzuziehen! Er rieb sich die Augen, doch das Bild auf seiner Netzhaut ließ sich nicht wegwischen.

Er griff haltsuchend nach den Fenstervorhängen.

«Meine persischen Vorhänge!» rief Mrs. Grobstock. «Was hast du?»

«Er muß der Baal-Schem* in Person sein!» stöhnte Grobstock unbedacht.

«Was ist? Was siehst du dort draußen?»

«Ach - nichts...»

Mrs. Grobstock trat selbst ans Fenster und spähte durch die Scheiben. Sie sah Wilkinson im Park unten, erkannte ihn aber in dieser ungewohnten Haltung nicht. Dafür schloß sie scharfsinnig, daß die Aufregung ihres Gatten mit einer schönen Brünette zusammenhängen müsse, die in einer Sänfte der Abendkühle genoß, und sagte scharf: «Die Köchin beklagt sich, daß ein frecher Kerl, der deinen Fisch hergetragen hat, sie beleidigt hätte.»

«Ach...», murmelte der arme Grobstock. Nahm es kein Ende mit dem Menschen?

«Wieso hast du ihn zu ihr geschickt?»

Sein Zorn über Manasseh erwachte bei dem Gekeife seiner Frau aufs neue, und er rief: «Ich habe ihn nirgends hingeschickt, außer zum Teufel!»

«Joseph! Eine solche Sprache hebe dir für Kreaturen in Sänften auf!» Und Mrs. Grobstock verließ unter zornigem Seidenrascheln das Zimmer.

Als Wilkinson sich wieder einstellte, schlapp und matt, weil er seine ganze Aufgeblasenheit

* Berühmter Kabbalist, mit magischen Kräften begabt; Begründer des Chassidismus. (Anm. d. Übers.)

herausgeschwitzt hatte, überbrachte er seinem Herrn eine Botschaft. Er richtete sie aus, bevor Grobstock ihn noch mit einer Flut von Fragen überschütten konnte: «Mr. da Costas Empfehlungen, und er sagt, er hätte sich nach reiflicher Überlegung doch entschlossen, seine Verabredung für nächsten Freitag einzuhalten.»

«Ach wirklich!» äußerte Grobstock ingrimmig. «Und wie kommst du bitte dazu, seinen Koffer zu schleppen?»

«Sie hätten es befohlen, Sir.»

«*Ich* hätte es befohlen?»

«Ich meine, er sagte mir, Sie hätten es befohlen», erklärte Wilkinson verdutzt. «Stimmt das nicht?»

Grobstock zögerte. Da Manasseh nun wirklich sein Gast sein würde, wäre es vielleicht unklug, ihn vor dem livrierten Diener bloßzustellen. Außerdem freute er sich insgeheim über Wilkinsons Demütigung; ohne den Schnorrer hätte er nie erfahren, daß sich unter Wilkinsons goldenen Tressen eine biegsame Gestalt verbarg. Das Sprichwort «Wie der Herr, so der Knecht» kam Grobstock aus diesem Anlaß nicht in den Sinn.

«Ich meinte nur, bis zu einem Wagen», brummte er.

«Er sagte, das würde sich nicht lohnen – es wäre nur ein kurzer Weg.»

«Oh! Hast du sein Haus gesehen?» rief Grobstock neugierig.

«Ja, Sir. Ein sehr vornehmes Haus in Aldgate mit einem schönen Portal und zwei steinernen Löwen vor dem Eingang.»

Grobstock bemühte sich, sein Erstaunen zu verbergen.

«Den Koffer hat mir ein Lakai abgenommen.»

Grobstock mußte sich noch mehr bemühen.

Wilkinson schloß mit einem matten Lächeln: «Ob Sie's glauben oder nicht, Sir, im ersten Moment hatte ich gedacht, er trüge Ihnen den Fisch nach Hause. Er ist so eigentümlich gekleidet - scheint ein Sonderling zu sein.»

«Ja, ja. Ein Original wie der Baron D'Aguilar, in dessen Haus er verkehrt», fiel Grobstock rasch ein. Dabei fragte er sich, ob er nicht zufällig die Wahrheit spräche. Vielleicht war er wirklich auf einen Schabernack, einen übermütigen Streich hereingefallen? Strömte nicht sein geheimnisvoller Besucher aus jeder Pore natürlichen Adel aus? Sprach nicht aus jedem Ton, jeder Gebärde ein Mann, der zum Befehlen geboren war? «Man darf auch nicht vergessen, daß er Spanier ist», fügte er hinzu.

«Aha, ich verstehe», sagte Wilkinson in tiefgründigem Ton.

«Wenn er auswärts speisen geht, kleidet er

sich wohl wie jeder andere Herr», bemerkte Grobstock leichthin. «Er hat mich nur so zufällig hierher begleitet. Aber jetzt geh zu der gnädigen Frau, sie braucht dich.»

«Sehr wohl, Sir. Ach, noch etwas sollte ich Ihnen ausrichten: Er hofft, Sie würden ihm eine Portion von seinem Lachs aufheben!»

«Geh jetzt zur gnädigen Frau!»

«Du hast mir nicht gesagt, daß uns Freitag ein spanischer Edelmann besuchen wird», bemerkte seine Eheliebste etwas später am gleichen Abend.

«Nein», erwiderte Grobstock kurz.

«Aber er kommt doch?»

«Nein - zumindest kein Edelmann.»

«Wer denn soll kommen? Muß ich durch meine Dienstboten erfahren, wer uns hier besucht?»

«Anscheinend.»

«Oh! Und das hältst du für recht?»

«Daß du mit deinen Dienstboten klatschst? Nein!»

«Wenn mein eigener Mann mir nichts sagen will - und nur Augen für gewisse Sänften hat...»

Grobstock hielt es für das beste, seiner Frau einen Kuß zu geben.

«Wahrscheinlich ein Mitdirektor?» forschte sie, offenkundig beschwichtigt.

«Ein Mitjude. Er wird um sechs Uhr da-sein.»

Manasseh war auf die Sekunde pünktlich. Wilkinson geleitete ihn herein. Die Dame des Hauses hatte ihren schönsten Staat angelegt, um den Gast zu ehren, den ihr Mann mit aller ihm noch verbliebenen Hoffnung erwartete. Sie erstrahlte in einem blauen Seidenkleid. Ihr Haar war zu einem hohen Turm aufgesteckt, und um ihren Hals lag ein sogenanntes *Esclavage,* das aus Girlanden von goldenen Ketten bestand. Nicht weniger festlich geschmückt war der Sabbattisch mit seinen schweren silbernen Leuchtern, der silbernen Kaffeekanne, den silbernen Blumenvasen und Obstplatten. Das Eßzimmer war überhaupt ein prächtiger Raum: die Buffets funkelten von venezianischem Glas und sächsischem Porzellan, und hie und da erhoben sich auf goldenen Sockeln Glaskugeln mit Gold- und Silberfischen.

Grobstock warf nur einen Blick auf seinen Gast, und das Blut erstarrte in seinen Adern.

Manasseh hatte sich um kein Haar verändert, er trug noch genau den gleichen Anzug. Beim nächsten Blick begann Grobstocks Blut zu kochen. Auf Manassehs Fersen folgte eine zweite Gestalt – ein kleingewachsener Schnorrer, noch schäbiger als da Costa und ohne jede Spur seiner natürlichen Würde, ein linkischer, schmuddeliger Schnorrer mit rundem Rücken und einem schmeichlerischen Grinsen auf seinem erdfarbenen, behaarten Gesicht. Keiner von beiden nahm seine Kopfbedeckung ab.

Mrs. Grobstock blieb vor Erstaunen wie festgenagelt auf ihrem Stuhl sitzen.

«Friede sei mit Euch», sprach der König der Schnorrer. «Ich habe meinen Freund, Jankele ben Jitzchock, mitgebracht, von dem ich Euch erzählte.»

Jankele nickte mit noch angestrengterem Grinsen.

«Ihr habt mir nicht gesagt, daß er mitkommen würde», stammelte Grobstock, der einem Schlagfluß nahe schien.

«Habe ich Euch nicht gesagt, daß er jeden Freitag zu mir speisen kommt?» entgegnete Manasseh ruhig. «Es ist sehr gütig von ihm, mich sogar hierher zu begleiten – wir brauchen einen Dritten zum Segensspruch.»

Der Hausherr warf verstohlen einen ängstlichen Blick auf seine Frau. Offenkundig wirbelte es in ihrem Gehirn wild durcheinander. Das Zeugnis ihrer eigenen Sinne stand in Widerspruch zu ihren vagen Vorstellungen von der Lebensart der spanischen Granden und ihrem unbeirrbaren Glauben an den gesunden Verstand ihres Ehegatten.

Grobstock mußte versuchen, sie bei diesem

Glauben zu packen, und stellte vor: «Meine Liebe, dies ist Mr. da Costa.»

«Manasseh Bueno Barzillai Azevedo da Costa», präzisierte der Schnorrer.

Die Dame sah etwas erschrocken, aber beeindruckt drein. Sie neigte leicht das Haupt, doch die Begrüßungsworte blieben ihr im Halse stecken.

«Und dies ist Jankele ben Jitzchock, ein armer Freund von mir», fügte Manasseh hinzu. «Ich zweifle nicht, Mrs. Grobstock, daß eine fromme Frau wie Ihr, die Tochter des seligen Moses Bernberg (gesegnet sei sein Andenken), den Segensspruch mit drei Personen vorzieht.»

«Jeder Euerer Freunde ist willkommen!» Ihre Lippen murmelten ohne ihr Zutun die konventionelle Phrase.

«Auch daran habe ich nie gezweifelt», versetzte Manasseh huldvoll. «Ist die Gastlichkeit von Moses Bernbergs schöner Tochter nicht weit und breit bekannt?»

Das konnte Moses Bernbergs Tochter nicht bestreiten. Ihr Salon war der Treffpunkt von reichen Handlungsreisenden, Börsenmaklern und Bankiers, gelegentlich untermischt mit einem jungen Blut oder einem alten Bock, die nicht dem jüdischen Glauben (und auch keinem anderen) angehörten; doch nie zuvor war sie einem so großartig schäbigen Individuum begegnet, und nie hatte sie ihre sprichwörtliche Gastlichkeit einem polnischen Schnorrer von so kompromißloser Schmierigkeit angedeihen lassen. Joseph wagte nicht, ihrem Blick zu begegnen.

«Setzt Euch hierher, Jankele», sagte er hastig in gespenstisch herzlichem Ton und wies auf den Stuhl, der am weitesten von der Dame des Hauses entfernt war. Manasseh placierte er neben seinen polnischen Parasiten und ließ sich selbst als Puffer zwischen seinen Gästen und seiner Frau nieder. Innerlich kochte er vor Wut über die vergebliche Plünderung seiner Garderobe, doch vor seiner Frau wagte er nichts zu sagen.

«Es ist eine schöne Sitte, den Sabbatgast zu empfangen, nicht wahr, Mrs. Grobstock?» bemerkte Manasseh, sobald er Platz genommen hatte. «Ich versäume sie nie - auch nicht, wenn ich am Sabbat abends ausgehe, so wie heute.»

Die geborene Miss Bernberg erinnerte sich plötzlich an die gute alte Zeit, denn ihr Vater (der, einem damaligen Witzbold zufolge, seine Zeit zwischen Recht und Profit geteilt hatte) war ein Hort der alten Überlieferungen gewesen. Vielleicht hatten diese aussterbenden Sitten, die nicht mehr zum heutigen Wohlstand paßten, sich unter den spanischen Granden länger erhalten? Sie ergriff die nächste Gelegenheit, während Wilkinson den sephardischen Schnorrer mit Kaffee bediente, um die Frage ihrem Mann vorzulegen, der sie mit halbem Mund in ihren Illusionen bestärkte. Er wußte, es bestand keine Gefahr, daß Manassehs Bettlertum ans Licht käme - aus dem Munde dieses großen Herrn war kein Wort der Dankbarkeit zu erwarten. Er deutete sogar an, daß da Costa sich absichtlich so schäbig kleidete, um seinen armen Freund nicht in Verlegenheit zu bringen. Mrs. Grobstock versagte zwar dieser Donquichotterie ihre Bewunderung nicht, ärgerte sich aber, daß sie selbst davon mitbetroffen wurde. Diese Art von Wohltun sollte ihrer Meinung nach zu Hause beginnen und enden.

«Wie ich sehe, habt Ihr mir wirklich ein Stück von meinem Lachs aufbewahrt», sagte Manasseh, während er sich über den Fisch hermachte.

Die Hausfrau spitzte die Ohren. «Welcher Lachs war das?»

«Der Fisch, den ich Mittwoch von Mr. da Costa bekam», erklärte ihr Mann.

«Oh, der war köstlich! Wie nett von Ihnen, Mr. da Costa, uns ein so angenehmes Geschenk zu machen», sagte die Hausfrau viel liebenswürdiger. «Wir hatten gestern Gäste, und der Fisch hat allen so gut geschmeckt, daß bald nichts mehr davon übrig war. Dies hier ist ein anderer. Hoffentlich findet er Ihren Beifall», setzte sie besorgt hinzu.

«Doch, er schmeckt vortrefflich, wirklich vortrefflich. Ich wüßte nicht, daß ich jemals einen schmackhafteren gekostet hätte, außer vielleicht am Tisch des Präsidenten der *Deputados*. Aber Jankele hier ist ein besonderer Kenner, dem man es nicht so bald recht machen kann. Was sagt Ihr denn zu dem Fisch, Jankele?»

Jankele tat mit vollem Mund seine Billigung kund.

«Nehmt Euch doch noch Brot und Butter, Jankele», nötigte Manasseh. «Tut, als ob Ihr zu Hause wärt – denkt daran, daß Ihr mein Gast seid!» Und in gedämpftem Ton fügte er hinzu: «Die andere Gabel!»

Josephs Gereiztheit machte sich in einem Tadel Luft: es wäre nicht genug Essig am Salat.

«Wie kannst du das sagen? Er ist ausgezeichnet», widersprach Mrs. Grobstock. «Salat ist die Spezialität unserer Köchin.»

Manasseh kostete mit kritischer Miene. «Für Salat bin ich zuständig. – Es fehlt ihm nicht an Essig», lautete sein Urteil, «aber ein Tropfen Öl könnte ihm nicht schaden. Ach, Salat macht doch niemand so gut wie Hyman!»

Der Ruhm Hymans, des koscheren Chefs,

der die großen Bankette in der *London Tavern* überwachte, war auch an Mrs. Grobstocks Ohr gedrungen, und sie war dementsprechend beeindruckt.

«Seine Bäckereien sollen so gut sein», bemerkte sie, um zu zeigen, daß sie auf dem laufenden war.

«Ja, darin ist er unerreicht», bestätigte Manasseh.

«Ach was, unsere Köchin bäckt genauso gute Kuchen!» rief Grobstock grob.

«Wir werden ja sehen», sagte Manasseh vorsichtig. «Was allerdings Mandelbäckerei betrifft, reicht sogar Hyman nicht an die heran, die ich bei meinem Vetter Barzillai in der French Street bekomme.»

«Euer Vetter!» rief Grobstock. «Der große Westindien-Kaufmann!»

«Eben der – ehemals in Barbados. Immerhin versteht Euere Köchin etwas vom Kaffeekochen, wenn ich auch merken kann, daß Ihr ihn nicht direkt von der Plantage bekommt wie der Vorsteher meiner Synagoge.»

In Grobstock regte sich wieder die Neugier nach der Identität des Schnorrers.

«Ihr tadelt mich, weil ich Steinbilder in meinem Haus habe», begann er kühn. «Und die Löwen vor dem Eueren?»

«Ich habe keine Löwen vor dem Haus.»

«Wilkinson hat es mir berichtet. Nicht wahr, Wilkinson?»

«Wilkinson ist ein Verleumder. Das war das Haus von Nathaniel Furtado.»

Grobstock erstickte schier vor Verdruß. Er begriff sofort: der Schnorrer hatte seine Kleider unmittelbar ins Haus des reichen Altwarenhändlers befördern lassen.

«Paßt auf!» rief der Schnorrer besorgt. «Ihr bespritzt die ganze Weste mit Sauce, ohne die geringste Rücksicht auf mich!»

Joseph hatte Mühe, sich zurückzuhalten. Eine offene Auseinandersetzung hätte seiner Frau alles verraten, und er war jetzt zu tief in Unwahrheiten verstrickt. Es gelang ihm jedoch, hinter ihrem Rücken zornig zu zischen: «Warum habt Ihr Wilkinson gesagt, ich hätte ihm befohlen, Eueren Koffer zu tragen?»

«Um Euer Ansehen in seinen Augen zu bewahren. Woher sollte er wissen, daß wir Streit hatten? Er hätte Euch für unhöflich gegen Euere Gäste gehalten.»

«Das ist ja alles wunderschön. Aber warum habt Ihr meine Kleider verkauft?»

«Ihr dachtet doch nicht, daß ich sie tragen würde? Nein, Gott sei Dank kenne ich meine Stellung!»

«Was sagen Sie da, Mr. da Costa?» fragte die Dame des Hauses.

«Wir haben nur von Dan Mendoza* geredet», erwiderte Grobstock schlagfertig, «ob er wohl in Doncaster Dick Humphreys schlagen wird.»

«Ach, Joseph, hast du gestern beim Nachtessen noch nicht genug von Dan Mendoza gekriegt?» fragte seine Frau.

«Es ist ein Thema, über das *ich* niemals spreche», erklärte der Schnorrer mit einem strafenden Blick auf seinen Gastgeber.

Grobstock trat ihm unter dem Tisch verzweifelt auf den Fuß. Er wußte, daß er dem König der Schnorrer seine Seele verkaufte, war aber zu feige, den Moment durchzustehen.

«Nein, das tut da Costa für gewöhnlich nicht», bestätigte er. «Ich fragte ihn nur, ob man Dan Mendoza je in der Synagoge sieht – weil er doch zufällig auch Portugiese ist.»

«Wenn es nach mir ginge, würde man ihn aus der Gemeinde ausschließen!» grollte da Costa. «Ein Boxer, ein Schänder von Gottes Ebenbild!»

«Wahrhaftig nein!» rief Grobstock. «Wenn Ihr gesehen hättet, wie er den Badger auf einer Bühne von vierundzwanzig Fuß in fünfunddreißig Minuten kurz und klein gedroschen hat…»

* Der jüdische Boxer Daniel Mendoza (1763–1836) war der größte englische Champion seiner Zeit. (Anm. d. Übers.)

«Joseph, Joseph! Denk an den Sabbat!» rief Mrs. Grobstock.

«Ich würde gern unseren Dan Mendoza für Eueren David Levi geben», sagte da Costa streng.

David Levi war die literarische Zierde des Ghettos: ein Schuster und Hutmacher, der die hebräische Sprache und den Umgang mit den Musen pflegte und mit Dr. Priestley, dem Entdecker des Sauerstoffs, und Tom Paine, dem Entdecker der Vernunft, zur Verteidigung seines Glaubens eine Lanze brach.

«Pah! David Levi! Der verrückte Hutmacher!» rief Grobstock. «Er verdient mit all seinen Büchern keinen Penny.»

«Ihr solltet eben für mehr Exemplare subskribieren», gab Manasseh zurück.

«Wenn Ihr sie geschrieben hättet, täte ich das sicher», erwiderte Grobstock mit einer Grimasse.

«Ich habe sechs Exemplare seiner *Lingua Sacra* und ein Dutzend Pentateuch-Übersetzungen bezogen», erklärte Manasseh würdevoll.

«Ihr könnt Euch das leisten!» knurrte Grobstock mit grimmigem Galgenhumor. «Ich muß mir mein Geld sauer verdienen.»

«Trotzdem ist es sehr schön von Mr. da Costa», warf die Dame des Hauses ein. «Viele

Menschen, die zu großem Reichtum geboren sind, wollen nichts von der Gelehrsamkeit wissen.»

«Das ist sehr wahr», stimmte da Costa zu. «Die meisten sind dem Irdischen verhaftet.»

Nach dem Essen trällerte er, von Jankele unterstützt, fröhlich den hebräischen Segensspruch, und zum Abschied wünschte er seiner Gastgeberin: «Möge der Herr Euch mit Kindern segnen!»

«Habt Dank», antwortete sie tief bewegt.

«Wenn Ihr eine Tochter hättet, würde ich sie gern zum Altar führen.»

«Sehr schmeichelhaft», murmelte sie, doch ihre Worte wurden von dem Ausruf ihres Mannes übertönt: «Ihr – meine Tochter!»

«Wer denn bewegt sich in besseren Kreisen als ich? Wer hätte eher Gelegenheit, eine passende Partie für sie zu finden?»

«Ach so – in diesem Sinn», sagte Grobstock, in einer Hinsicht besänftigt, in der anderen aufs neue gereizt.

«In welchem anderen Sinn? Ihr meint doch nicht, daß ich, ein Sephardi, sie selbst ehelichen würde?»

«Meine Tochter bedarf Euerer Unterstützung nicht», sagte Grobstock kurz.

«Noch nicht.» Manasseh erhob sich. «Aber wo werdet Ihr einen besseren Heiratsvermittler finden, wenn es einmal soweit ist? Ich habe größerer Männer Töchter unter die Haube gebracht. Seht Ihr, wenn ich ein Mädchen oder einen jungen Mann empfehle, dann tue ich es nicht auf Grund oberflächlicher Bekanntschaft, sondern ich habe sie in ihrem eigenen Heim beobachtet. Vor allem aber kann ich sagen, ob sie von gutherziger, wohltätiger Natur sind. Gut Sabbat!»

«Gut Sabbat!» murmelten die Gastgeber. Mrs. Grobstock dachte bei sich, trotz all seinen großartigen Bekanntschaften hätte da Costa sich herablassen können, ihr die Hand zu reichen.

«Hierher, Jankele», sagte Manasseh, seinen Gast zur Tür steuernd. «Ich freue mich so sehr, daß Ihr kommen konntet. Ihr müßt recht bald wiederkommen.»

3. Kapitel
In welchem berichtet wird, wie Seine Majestät ins Theater ging und wie um ihn geworben ward.

Als nun Manasseh der Große, der erste Bettler Europas, in Begleitung seines polnischen Parasiten über Goodman's Fields schlenderte, beide in heiterer Gelassenheit mit dem Verdauen des Nachtessens beschäftigt, das der Schatzmeister der Großen Synagoge, Joseph Grobstock, ihnen vorgesetzt hatte, zerrissen auf einmal kriegerische Trompetenklänge die stille Abendluft und ließen des Schnorrers Pulse höher schlagen. Aus dem Tenterground tauchte ein Trupp Rekruten auf, malerisch anzusehen in ihren weißen Drillichuniformen, von denen die blauen Überröcke und scharlachrot gestreiften Hosen der berittenen Offiziere gar prächtig abstachen.

«Ha!» rief da Costa mit stolzgeschwellter Brust. «Dort gehen meine Soldaten!»

«Euere Soldaten?» wiederholte Jankele erstaunt.

«Gewiß. Seht Ihr nicht, daß sie ins India House in Leadenhall Street heimkehren?»

«Nu? Und wenn schon?» fragte Jankele

achselzuckend und breitete eindrucksvoll die Hände aus.

«Das fragt Ihr? Ihr habt doch sicher nicht vergessen, daß der Dummkopf, in dessen Haus ich Euch soeben bewirtet habe, ein Direktor der Ostindischen Kompanie ist, der diese Soldaten gehören?»

«Ah so!» Jankeles verwirrte Miene hellte sich zu einem Lachen auf, das aber unter dem strengen Blick des Spaniers alsbald verschwand. Jankele beeilte sich, seine Belustigung zu verbergen. Er war von Natur aus ein Possenreißer, und es kostete ihn viel Mühe, seinen Gönner so ernst zu nehmen, wie der große Mann es selber tat. Aber wenn Manasseh Bueno Barzillai Azevedo da Costa mehr Humor besessen hätte, wäre es vermutlich um seine Durchschlagskraft geschehen gewesen. Der hochgerühmte Mann der Tat ist auf einem Auge blind. Hätte Cäsar richtig gesehen, dann hätte er nicht kommen und siegen können.

Schon das schelmische Aufblitzen im Auge seines Klienten hatte den Gönner verletzt, und er schritt, im Takt der Militärmusik, schweigend weiter.

«Ein schöner Abend!» bemerkte Jankele zerknirscht. Die Worte waren kaum seinen Lippen entflohen, als er sich ihrer Wahrheit bewußt wurde. Der Mond lugte hinter einer weißen Wolke hervor, die Luft war milde. Die Blätter breiteten ihre Schatten wie einen durchbrochenen Teppich über den Weg, und die Musik sang von Liebe und Heldenmut. Aus irgendeinem Grund begann Jankele an da Costas liebliche Tochter zu denken. Ihr Gesicht schien im Mondschein zu schweben.

Manasseh ließ sich nicht so leicht versöhnen. «Jeder Abend ist schön, wenn man gut gegessen hat», bemerkte er unwirsch. Es war, als hätte die Wolke den Mond verdunkelt, und ein dichter Schleier fiel über das Gesicht von da Costas lieblicher Tochter. Doch Jankele fand sich rasch wieder zurecht.

«Ja, Ihr habt mir wirklich verschafft einen schönen Abend!» seufzte er.

Der König der Schnorrer schwenkte unwillig seinen Stab, doch Jankele fuhr unerschrokken fort: «Ist es nicht immer ein schöner Abend für mich, wenn ich bin mit Euch zusammen?»

«Es ist sonderbar», sagte Manasseh sinnend, «daß ich einen, der nur ein Halbbruder in Israel ist, an meinem Herd und Grobstocks Tisch empfange.»

«Grobstock ist ein Aschkenasi wie ich», protestierte Jankele.

«Auch darüber staune ich», versetzte da Costa. «Ich weiß nicht, wie es kam, daß ich mit ihm gleich so vertraut wurde.»

«Nu, Ihr seht», wagte Jankele schüchtern zu bemerken. «Vielleicht wenn der Grobstock wirklich gehabt hätte ein Mädele, wäre sie geworden Euere Frau.»

«Hütet Euere Zunge! Ein Sephardi heiratet keine vom Stamm der Aschkenasim. Das wäre eine Erniedrigung.»

«Ja, aber anders herum - ein Aschkenasi kann heiraten eine Sephardi, nicht wahr? Das ist dann eine Erhöhung. Wenn Grobstocks Tochter hätte Euch geheiratet, hätte sie geheiratet über ihren Stand», schloß er mit unschuldiger Miene.

«Das ist wahr», bestätigte Manasseh. «Aber da Grobstocks Tochter nicht existiert, meine Frau hingegen ja...»

«Ja, aber an meiner Stelle - würdet Ihr eher heiraten eine Aschkenasi oder eine Sephardi?» fragte Jankele.

«Natürlich eine Sephardi! Aber...»

«Ich werde mich richten nach Euerem Rat!» unterbrach der Polnische hastig. «Seid Ihr nicht der klügste Mann, den ich kenne?»

«Ja, aber...», wiederholte Manasseh.

«Was wollt Ihr das leugnen! Ihr seid es! Augenblicklich will ich gehen und mir suchen ein sephardisches Mädchen zum Heiraten. Vielleicht krönt Ihr noch Eueren guten Rat und wählt mir eine. Nu?»

Manasseh war sichtlich milder gestimmt. «Wie soll ich aber Eueren Geschmack treffen?» wandte er zögernd ein.

«Wäre nicht jedes spanische Mädele ein Preis für mich, auch wenn sie hätte ein Gesicht wie Matzes*? Besser gefiele mir freilich eine Pfingstblüte.»

«Welche Art Schönheit gefällt Euch am besten?»

«Die Art von Euerer Tochter», antwortete nun der Polnische unverblümt, doch da Costa schöpfte keinen Verdacht.

«Es gibt nicht viele, die ihr gleichen», sagte er stolz.

«Nein - ist sie nicht wie die Rose von Saron? Aber es gibt auch nicht viele so stattliche Väter.»

Manasseh überlegte. «Da wäre die Tochter von Gabriel, dem Leichenwächter. Ihre Gestalt und Haltung werden allgemein gelobt.»

«Puh! Tinnef! Ist sie nicht häßlich genug, um den Messias vom Kommen abzuhalten? Sie ist ihrem Vater wie aus dem Gesicht geschnitten. Und dann sein Beruf! Ihr werdet mir doch nicht raten einzuheiraten in so eine Familie! Seid Ihr nicht mein Wohltäter?»

* Die «ungesäuerten» trockenen Brotfladen, ähnlich wie Knäckebrot, die zu Ostern zur Erinnerung an den Auszug aus Ägypten gegessen werden. (Anm. d. Übers.)

«Gewiß, aber mir kommt kein schönes Mädchen in den Sinn, das für Euch passen würde.»

Jankele sah ihn mit einem schelmisch einschmeichelnden Lächeln an. «Wie könnt Ihr so reden! Habt Ihr nicht erklärt dem Grobstock, Ihr seid der größte Heiratsvermittler?»

Doch Manasseh schüttelte den Kopf.

«Nu, Ihr habt nebbich ganz recht», bekannte Jankele demütig. «Ich müßte rein heiraten Euere Deborah selbst, um zu bekommen ein wirklich schönes Mädele.»

«Ja, wirklich», bestätigte Manasseh.

Jankele wagte es: «Ach, warum kann ich nicht hoffen, Euch zu bekommen zum Schwiegervater?»

Manassehs Gesicht verzerrte sich in ungläubiger Entrüstung. Er blieb jäh stehen.

«Das muß sein ein schönes Stück!» rief Jankele hastig, auf ein grellfarbiges Plakat weisend. Es zeigte ein gräßliches Gespenst, das über einem finsteren Burggraben schwebte. Dahinter erhob sich das dazugehörige Ritterschloß mit seinen Türmen und Zinnen.

Sie waren in der Leman Street angelangt und standen vor dem Theater von Goodman's Fields. Manassehs Stirn hellte sich auf.

«Ja, man gibt den ‹Schloßgeist›. Hättet Ihr Lust, das Stück zu sehen?» fragte er huldvoll. «Es muß ja bald vorbei sein...»

«Nein», erklärte da Costa nach kurzem Studium des Programms. «Vorher war eine Posse von O'Keefe. Die Nacht ist noch jung. Das Drama wird jetzt gleich beginnen.»

«Aber es ist Sabbat - wir dürfen nichts bezahlen.»

Manassehs Stirn verfinsterte sich aufs neue in gerechtem Zorn. «Dachtet Ihr am Ende, ich würde *bezahlen*?» rief er atemlos vor Empörung.

«N-n-nein!» stammelte der Polnische verlegen. «Aber Ihr habt doch keine Freikarten?»

«Freikarten...? Ich...?» donnerte Manasseh. «Wollt Ihr mir das Vergnügen machen, einen Platz in meiner Loge anzunehmen?»

«In Euerer Loge?»

«Ja, es ist Platz genug. Kommt», sagte Manasseh. «Ich war selbst über ein Jahr lang nicht im Theater - zuviel zu tun. Es wird eine angenehme Abwechslung sein.»

Jankele zögerte verwirrt.

«Durch die Tür hier», ermunterte Manasseh freundlich. «Kommt. Ihr müßt vorausgehen.»

«Man wird mich nicht einlassen.»

«Nicht einlassen? Wenn ich Euch in meine Loge einlade? Seid Ihr verrückt? Jetzt sollt Ihr justament ohne mich hineingehen. Nein, ich bestehe darauf! Ich will Euch zeigen, Manasseh Bueno Barzillai Azevedo da Costa ist ein

Mann, dessen Wort dem Gesetz Mosis gleicht und wahr ist wie der Talmud. Geht jetzt geradewegs da hinein; wenn der Diener Euch aufzuhalten versucht, sagt ihm einfach, Mr. da Costa hätte Euch einen Sitz in seiner Loge gegeben.»

Jankele wagte nicht, seine Zweifel zu zeigen – ja, er war nachgerade selbst von der märchenhaften Macht seines Gönners überzeugt und setzte kühn seinen Fuß in das Foyer.

«Ihr kommt doch auch?» fragte er, sich umwendend.

«Gewiß, ich will die Vorstellung keineswegs versäumen. Macht Euch keine Sorgen.»

Jankele schritt kühn weiter und strich an dem Türhüter des kleinen Theaters vorbei, als bemerke er ihn gar nicht; der hätte sich auch fast so weit imponieren lassen, daß er den Schnorrer als einen in der Pause hinausgegangenen Zuschauer unkontrolliert eintreten ließ. Doch der Mann war gar zu schäbig – er sah aus wie die unbestimmbaren Wesen, die sich geheimnisvoll in den dunklen Winkeln hinter der Bühne herumtreiben, und der Türhüter (ein bescheidener kleiner Cockney) riß sich im letzten Augenblick zusammen und rief den Eindringling mit einem lauten «Heda!» zurück.

Jankele wandte den Kopf. «Was ist?»

«Wo ist Euer Billett?»

«Ich brauche kein Billett.»

«Nein? Aber ich!» entgegnete der kleine Mann, der ein Humorist war.

«Ich habe einen Sitz in Mr. da Costas Loge.»

«Was Ihr nicht sagt! Würdet Ihr das vor Gericht beschwören?»

«Bei meinem Haupt. Er hat ihn mir selbst gegeben.»

«Einen Platz in seiner Loge?»

«Ja.»

«Mr. da Costa, sagt Ihr?»

«Genau.»

«Aha! Dann hierher bitte!» Und der Humorist wies auf den Ausgang.

Jankele rührte sich nicht.

«Hier hinaus geht's!» rief der kleine Humorist gebieterisch.

«Ich sag Euch doch, ich gehe in Mr. da Costas Loge.»

«Und ich sag Euch, Ihr geht auf die Gasse hinaus!» Und der Türhüter packte Jankele am Kragen und begann ihn mit dem Knie zur Tür zu stoßen.

«Was geht hier vor? Was soll das heißen?» Eine strenge, zornige Stimme schallte dem Humoristen wie ein Donnerschlag in die Ohren. Unwillkürlich ließ er den Schnorrer los und blickte auf. Vor ihm stand eine hohe, wunderlich gekleidete Gestalt, die ihn mit strafender Majestät musterte.

«Was treibt Ihr da mit dem armen Mann?» fragte Manasseh.

«Er wollte sich einschleichen», erwiderte der kleine Cockney, halb entschuldigend, halb zornig. «Behauptet, er hätte einen Sitz in einer Loge – solche Leute kennen wir.»

«Wohl in Mr. da Costas Loge?» versetzte Manasseh mit ominöser Ruhe, während es in seinen Augen bedrohlich zu blitzen begann.

«Ja...», bestätigte der Humorist verwundert und vage beunruhigt.

Da brach auch schon der Sturm los: «Du unverschämter Kerl! Lümmel! Du gemeiner Schurke! Was! Du unterstehst dich, meinen Gast nicht einzulassen!»

«Seid Ihr am Ende Mr. da Costa?» stammelte der Humorist.

«Jawohl, *ich* bin Mr. da Costa, aber du wirst nicht mehr lange Türhüter sein, wenn du die Zuschauer so behandelst! Wahrhaftig, weil der Herr wie ein Armer aussieht, glaubt ihr, ihr könnt euch alles mit ihm erlauben! Verzeiht mir, Jankele! Es tut mir so leid, daß ich nicht vor Euch hier sein konnte, um Euch diesen Schimpf zu ersparen. Und was dich betrifft, mein Junge, laß dir sagen, daß es ein schwerer Fehler ist, die Menschen nach ihrem Äußeren zu beurteilen. Ich habe den einen oder anderen Freund, der imstande wäre, nur so aus der

Westentasche dieses Theater zu kaufen und dich und deine erbärmliche Seele dazu, und wenn du ihn anschaust, würdest du ihn für einen Schnorrer halten. Nimm dich in acht! Demnächst wirst du eine Persönlichkeit von Stand hinauswerfen und selber in hohem Bogen fliegen.»

«Ich – entschuldigen Sie vielmals, Sir!»

«Was soll ich mit deiner Entschuldigung anfangen? Die schuldest du meinem Gast, und beim Himmel, du wirst sie ihm abstatten, auch wenn er kein Kapitalist ist, sondern so arm, wie er aussieht! Wenn ich einem armen Mann, der vielleicht noch nie im Leben im Theater war, ein Vergnügen bereiten will, bin ich doch bestimmt nicht gezwungen, ihn auf die Galerie zu schicken, sondern darf ihm ein Plätzchen in meiner Loge geben, wenn mich die Lust dazu ankommt. Oder ist das gesetzlich verboten?»

«Nein, Sir, nicht daß ich wüßte!» stotterte der Humorist demütig. «Aber Sie werden mir zugute halten, Sir, daß es sehr ungewöhnlich ist...»

«Ungewöhnlich! Natürlich ist es ungewöhnlich. Freundlichkeit und Feingefühl einem Armen gegenüber sind immer ungewöhnlich. Auf den Armen trampelt man bei jeder Gelegenheit herum, man behandelt sie wie Hunde, nicht wie Menschen. Wenn ich einen besoffenen

Gecken eingeladen hätte, du hättest ihn mit dem Hut in der Hand empfangen - nein, nein, du brauchst ihn nicht abzunehmen, jetzt ist es zu spät! Aber ein anständiger Armer - das nicht! Ich werde mich bei der Direktion über deine Unhöflichkeit beschweren, und wenn ich dir nicht obendrein ein paar Hiebe mit diesem Stock versetze, kannst du von Glück reden.»

«Aber woher sollte ich wissen, Sir...»

«Ich sag dir, sprich nicht mit mir. Wenn du etwas zur Entschuldigung deines schändlichen Benehmens anzuführen hast, wende dich an meinen Gast hier.»

Der kleine Humorist wandte sich Jankele zu: «Ich hoffe, Sir, Sie werden mir diesmal noch gütigst verzeihen!»

«Nächstes Mal werdet Ihr mir hoffentlich glauben, wenn ich sage, ich habe einen Platz in Mr. da Costas Loge», erwiderte Jankele mit sanftem Vorwurf.

«Nun, wenn Ihr Euch damit zufriedengebt, Jankele, habe ich nichts weiter zu bemerken», erklärte Manasseh mit einem Anflug von Verachtung. «Also vorwärts, Mann, führe uns in unsere Loge.»

Der Diener verbeugte sich und geleitete sie in den Gang. Plötzlich drehte er sich um.

«Verzeihung, Sir, aber welche Loge ist es?» fragte er schüchtern.

«Dummkopf!» rief Manasseh. «Und welche wird es wohl sein? Die leere natürlich!»

«Aber es sind zwei Logen leer, Sir», drängte der arme Humorist verzweifelt. «Die Proszeniumsloge und die oben bei der Galerie.»

«Tölpel! Hältst du mich für einen Menschen, der sich mit der Loge unterm Dach zufriedengibt? Geh nur an deinen Posten zurück – ich finde allein in meine Loge. Der Himmel schenke dir Verstand. Jetzt geh, es könnte sich am Ende jemand ohne Billett einschleichen, und das wäre ja furchtbar!»

Der kleine Mann schlich ganz verwirrt davon, froh, daß er dieser überwältigenden Persönlichkeit glücklich entronnen war, und ein paar Sekunden später betrat Manasseh stolz erhobenen Hauptes die leere Loge, gefolgt von Jankele, dessen Gesicht ein einziges Grinsen und Zwinkern war. Gerade als der Spanier Platz nahm, erhob sich ein leichtes Händeklatschen und Trampeln, denn das Publikum fand, die Pause hätte lange genug gedauert.

Manasseh reckte den Kopf nach allen Seiten über die Logenbrüstung, um das Publikum zu mustern, das seinerseits, froh über jede Ablenkung, die Hälse nach ihm verdrehte. Manche Leute glaubten, der Applaus gelte dem Neuankömmling, der, nach seinem Kopf zu schließen, ein Ausländer von Distinktion zu sein schien, und begannen gleichfalls in die Hände zu klatschen. Die Ansteckung breitete sich aus, und nach einer Minute war Manasseh der Mittelpunkt aller Blicke und der eindeutige Empfänger einer kleinen Ovation. Er verbeugte sich in unerschütterlicher Würde da- und dorthin.

Einige der Anwesenden kannten ihn, schlossen sich aber mit belustigtem Staunen der Begrüßung an. Es gab nämlich unter den Zuschauern nicht wenige Juden, denn Goodman's Fields war das Ghetto-Theater, und für diese wenig strenggläubige Generation bildete der Sabbat keine sonderliche Abhaltung. Das Publikum des kleinen, uneleganten Theaters – meistens Deutsche und Polen – bildete sozusagen eine fröhliche Familie. Man kannte einander, die Rangunterschiede waren gering. Gespräche entspannen sich zwischen Galerie und Cercle, zwischen Parterre und Logen, und auf den Bänken fanden Eßgelage statt.

In einer Parterreloge thronte in steifer Haltung eine wohlbeleibte Jüdin, angezogen nach dem letzten Schrei der Mode in ein paillettenbesetztes Musselinkleid, mit einem Brillantgeschmeide um den Hals, und den Kopf mit Blumen- und Lockenterrassen gekrönt.

«Betsy!» rief eben eine gemütliche weibliche Stimme aus dem Parterre, sobald der Beifall verklungen war.

Die so angerufene Betsy rührte sich nicht, doch ihre Wangen wurden heiß und rot. Sie war in der Welt vorangekommen und legte keinen Wert darauf, ihrer früheren Busenfreundin wiederzubegegnen.

«Betsy!» rief die freundliche Person noch einmal. «So wahr wir beide hier sitzen, mußt du von meinem kalten Bratfisch kosten!» Und sie hielt ein appetitlich braun gebratenes Stück in die Höhe.

Betsy wich zurück und versuchte - erfolglos - unbeteiligt auszusehen. Zu ihrer Erleichterung ging der Vorhang auf, und das Schloßgespenst begann zu geistern. Jankele hatte kaum je etwas Theatralisches gesehen, außer einigen häuslichen Aufführungen, welche die Bestrafung des schlimmen Haman und den Triumph der Königin Esther darstellten (welch letztere Rolle er in alten Kleidern seiner Mutter einstmals selber gespielt hatte). Er war von dem schauerlich grausen Melodram hingerissen. Nach Schluß des zweiten Aktes machte sich seine Aufregung über die schwerbedrohte schöne Heldin wieder in Gesprächen über das Thema der Ehe Luft.

«Ein großartiges Stück!» seufzte er.

«Ich freue mich, daß es Euch gefällt. Tatsächlich eine genußreiche Vorstellung», erwiderte Manasseh mit würdevoller Befriedigung.

«Euere Tochter Deborah», begann Jankele vorsichtig. «Geht sie manchmal ins Theater?»

«Nein. Ich lasse mein Weibervolk nicht herumschwärmen. Die Frau gehört ins Haus. Wie auch geschrieben steht: ‹Ich nenne mein Weib nicht Weib, sondern Haus.›»

«Nu, sie würden sich dort aber gut unterhalten.»

«Wir sind nicht auf der Welt, um uns zu unterhalten.»

«Recht habt Ihr - sehr recht», bemerkte Jankele mit tugendsamer Miene. «Wir sind hier, um zu erfüllen das Gesetz Mosis. Aber weh, erinnert mich nicht daran! Bin ich doch ein Sünder in Israel!»

«Wieso?»

«Bin ich nicht fünfundzwanzig und hab noch keine Ehefrau?»

«Ihr werdet wohl eine Menge in Polen zurückgelassen haben!»

«Ich schwör Euch bei meiner Seele, nein. Nur eine, und der mußte ich geben den *Gett*, den Scheidungsbrief, weil ihr Leib unfruchtbar war. Schreibt nur dem Rabbi in meinem Städtel, der wird es bestätigen.»

«Warum sollte ich ihm schreiben? Das ist nicht meine Sache.»

«Ich möchte aber, daß Ihr es macht zu Euerer Sache.»

Manasseh blickte zornig. «Fangt Ihr schon wieder an?»

«Es ist nicht so sehr, daß ich mir wünsche Euere Tochter zum Weib - wie Euch zum Schwiegervater!»

«Es kann aber nicht sein», sagte Manasseh freundlicher.

«Oj, was bin ich nicht geboren als Sephardi!» stöhnte Jankele.

«Dazu ist es jetzt zu spät», sagte da Costa.

«Heißt es nicht, zum Guten ist es nie zu spät? Könnte ich nicht übertreten zum spanischen Judentum? Ich will gern erlernen Euere vornehme hebräische Aussprache.»

«Unser Judentum unterscheidet sich in keinem wesentlichen Punkt von dem eueren. Es ist eine Frage des Blutes, und das Blut läßt sich nicht ändern. Wie auch geschrieben steht: ‹Und das Blut ist das Leben.›»

«Ich weiß, ich weiß, mein Streben geht zu hoch. Ach, was seid Ihr geworden mein Freund, was habt Ihr mich glauben lassen, daß ich Euch lieb bin - so daß ich Tag und Nacht daran denke! Und jetzt, wenn ich Euch bitte, zu werden mein Schwiegervater, sagt Ihr, es kann nicht sein. Ist es nicht wie ein Messer in meinem Herzen? Denkt nur, wie stolz und glücklich ich wäre, Euch zu nennen meinen Schwiegervater. Würde ich Euch nicht mein ganzes Leben weihen? Wäre es nicht mein einziges Ziel, mich würdig zu erweisen eines solchen Mannes?»

«Ihr seid nicht der erste, den ich abweisen muß», sagte Manasseh bewegt.

«Nu, was hab ich davon, daß es gibt noch andere Schlemihle?» rief Jankele aufschluchzend. «Wie soll ich nur leben ohne Euch als Schwiegervater?»

«Ihr tut mir leid, Jankele - mehr als jeder andere.»

«Dann habt Ihr mich doch ein bissele gern! Nein, ich gebe die Hoffnung nicht auf, ich gebe mich nicht zufrieden mit einem Nein! Was ist denn an diesem Blut, daß es trennen soll den Juden vom Juden, daß es mich hindern soll, der Schwiegersohn zu werden von dem einzigen Menschen, den ich liebhabe? Sagt mir jetzt nichts. Ich werde Euch noch einmal fragen - in einem Monat oder in einem Jahr. Ja, will ich nicht sogar zwölf Monate warten, wenn Ihr mir nur versprechen wollt, Euer Wort nicht zu geben einem anderen?»

«Aber wenn ich Euer Schwiegervater würde - *wenn*, sage ich nur -, würde ich nicht nur Euch nicht erhalten, Ihr müßtet auch noch meine Deborah erhalten.»

«Und wenn schon?»

«Ihr seid unfähig, eine Frau zu erhalten!»

«Ich? Unfähig? Wer sagt Euch das?» rief Jankele entrüstet.

«Ihr selber. Als ich mich Euerer zuerst annahm, sagtet Ihr mir doch, Ihr wäret blutarm.»

«Das habe ich Euch gesagt als Schnorrer. Jetzt rede ich mit Euch als Bewerber.»

«Das stimmt», bestätigte Manasseh, dem diese Unterscheidung augenblicklich einleuchtete.

«Und als Bewerber sage ich Euch, ich kann genug schnorren, um zu erhalten sogar zwei Frauen.»

«Sagt Ihr das jetzt dem Vater da Costa oder dem Heiratsvermittler da Costa?»

«Ssst!» rief es von einigen Seiten des Zuschauerraums, weil der Vorhang wieder aufging. Doch Jankele hatte keine Beziehung mehr zu dem Stück. Das Gespenst jagte ihm kein Gruseln mehr ein, und die Heldin rührte ihn nicht. Er stellte im Geist fieberhafte Berechnungen an und scharrte jeden Penny zusammen, den er so oder so auftreiben konnte. Er zog sogar einen zerknitterten Zettel und einen Bleistiftstumpf hervor, ließ aber unter Manassehs Blick beides wieder in seiner Tasche verschwinden.

«Ich hab ganz vergessen über dem Theater, daß heut Sabbat ist», murmelte er in entschuldigendem Ton. Und er setzte seine Berechnungen im Kopf fort, weil das ja natürlich weniger Arbeit ist.

Als das Stück zu Ende war, schritten die beiden Schnorrer in die kühle Nachtluft hinaus.

«Ich habe ausgerechnet», begann Jankele noch im Vestibül mit großer Lebhaftigkeit, «daß ich verdiene...», er unterbrach sich, um den Abschiedsgruß des kleinen Türhüters gnädig zu erwidern, «... daß ich verdiene mindestens hundertfünfzig Pfund im Jahr.»

«Tatsächlich?» rief da Costa überrascht und respektvoll.

«Ja. Ich habe alles zusammengerechnet. Erstens einmal die zehn festen Zuwendungen aus wohltätigen Quellen...»

«Wie geschrieben steht!» unterbrach Manasseh salbungsvoll. «Mit zehn Worten wurde die Welt geschaffen. Zehn Generationen waren es von Noah zu Abraham. Zehn Versuchungen hatte unser Vater Abraham zu bestehen. Zehn Wunder geschahen beim Auszug unserer Väter aus Ägypten und zehn am Roten Meer. Zehn Dinge wurden am Sabbatabend in der Dämmerung geschaffen! Und nun soll hinzugefügt werden: Zehn gute Taten ermöglicht der Arme dem Reichen! Fahrt fort, Jankele.»

«Da ist als erstes die Spende der Synagoge – acht Pfund. Einmal in der Woche spreche ich dort vor und erhalte eine halbe Krone.»

«Nicht mehr...? Unsere Synagoge gewährt dreieinhalb Shilling.»

«Ach!» seufzte der Polnische. «Sag ich es nicht, ihr seid eine höhere Rasse!»

«Aber das macht nur sechs Pfund zehn!»

«Weiß ich das nicht? Die fehlenden dreißig Shilling rechne ich für Süßigkeiten und Lebensmittel zu Pessach. Dann bekomme ich für Rufen zum Gottesdienst zehn Guin...»

«Halt! Schweigt!» rief Manasseh, dem nun plötzlich Bedenken kamen. «Dürfen wir am Sabbat von Geldangelegenheiten reden?»

«Sicher, sofern sie zusammenhängen mit meiner Heirat. Heiraten ist ein Gebot des Ewigen. Wir reden über ein Gebot.»

«Ihr habt recht. Sprecht also weiter. Aber denkt daran - auch wenn Ihr beweisen könnt, daß Ihr genug zusammenschnorrt, um eine Frau zu erhalten, habe ich mich zu nichts verpflichtet.»

«Ihr seid mir schon jetzt ein Vater - warum wollt Ihr nicht auch sein mein Schwiegervater? - Nu, jedenfalls werdet Ihr mir finden einen Schwiegervater!» fügte er hastig hinzu, da er sah, daß da Costas Stirn sich wieder umdüsterte.

«Wir dürfen am Sabbat nichts Geschäftliches besprechen», sagte Manasseh ausweichend. «Fahrt mit Euerer Aufzählung fort.»

«Zehn Guineen fürs Aufwecken zum Frühgottesdienst. Ich habe zwanzig feste Kunden, die...»

«Wartet! Diesen Posten kann ich nicht akzeptieren.»

«Warum? Es ist wirklich so.»

«Mag sein. Aber Wachklopfen ist eine ausgesprochene *Arbeit*!»

«Eine Arbeit?»

«Nun, wenn es keine Arbeit ist, am frühen Morgen von Tür zu Tür zu gehen und zwanzig Fromme in Israel zum Gottesdienst aufzuwekken – wenn das keine Arbeit ist, dann ist der christliche Glöckner ein Schnorrer! Einkünfte aus dieser Quelle kann ich nicht als legitim ansehen.»

«Aber die meisten Schnorrer sind Wachklopfer!»

«Die meisten Schnorrer sind Minjemänner* oder Psalmenleser», erwiderte ihm der Spanier schneidend, «aber ich nenne das eine Erniedrigung. Was! Dem Gottesdienst gegen Bezahlung beizuwohnen! Den Schöpfer für schnö-

* Minjemann: Ein jüdischer Gottesdienst kann nur stattfinden, wenn eine Gemeinde von mindestens zehn erwachsenen Männern, das sogenannte *Minjan,* versammelt ist. Da es, besonders in kleineren Gemeinden, oft nicht leicht ist, ein Minjan zusammenzubringen, hat sich der Beruf des Minjemanns, der gegen Bezahlung am Gottesdienst teilnimmt, herausgebildet. (Anm. d. Übers.)

den Lohn anbeten! Unter solchen Bedingungen ist das Gebet eine Arbeit!» Seine Brust schwoll von majestätischem Zorn.

«Ich kann das nicht ansehen als eine Arbeit!» protestierte Jankele. «Was? Nach dieser Auffassung würde ja der Geistliche arbeiten? Oder der Prediger? Rechne ich doch vierzehn Pfund jährlich für meine Dienste als Minjemann!»

«Vierzehn Pfund! So viel?»

«Ja. Versteht Ihr, ich habe außer der Synagoge noch meine Privatkunden. Wenn in einer Familie eintritt ein Todesfall, Gott soll behüten, bringt man nicht immer gleich zusammen zehn Freunde zum Totengebet. Da springe ich ein. Wie könnt Ihr das nennen eine Arbeit? Das ist Freundschaft. Und je mehr man mir zahlt, desto mehr empfinde ich Freundschaft», fügte Jankele noch mit schelmischem Zwinkern hinzu. «Außerdem gewährt mir die Synagoge einen kleinen Zuschuß fürs Totenausrufen.»

In jenen primitiven Zeiten, als eine jüdische Zeitung ein Ding der Unmöglichkeit schien, wurde der Tod eines Gemeindemitglieds durch einen Schnorrer kundgetan, der das Ghetto durchwanderte und dabei eine mit einem Vorhängeschloß versperrte kupferne Sammelbüchse an einer langen Stange schwenkte. Beim Lärm dieser Totenklapper fragten die

Neugierigen den Schnorrer: «Wer ist heut gestorben?»

«Soundso, der Sohn des Soundso - das Begräbnis findet dann und dann statt - Trauergottesdienst um diese und jene Zeit», antwortete dann der Schnorrer, und der Frager legte fromm eine milde Gabe in die sogenannte *Bix*. Das auf diese Weise gesammelte Geld kam dem Begräbnisverein zugute.

«Am Ende nennt Ihr das auch eine Arbeit?» fragte Jankele schüchtern und herausfordernd zugleich.

«Selbstverständlich. Wie nennt Ihr es?»

«Meinen Gesundheitsspaziergang. Das erhält mich frisch und kräftig. Einmal sagt mir ein Kunde (bei dem ich jede Woche eine halbe Krone bekam), er hätte es satt, daß ich schnorren käme jeden Freitag. Er wollte sich mit mir ausgleichen, auf sechs Pfund jährlich, aber ich habe nicht akzeptiert.»

«Warum nicht? Es war ein sehr anständiges Angebot. Er hat sich nur zehn Shilling Zinsen abgezogen.»

«Das hätte mich nicht gestört. Ich habe aber verlangt ein Pfund mehr dafür, daß er mich um meinen Gesundheitsspaziergang bringt. Das wollte wieder *er* nicht bezahlen, also gehe ich nach wie vor jede Woche hin und hole mir meine halbe Krone. Aber was ich sagen wollte

– ich trage die Bix hauptsächlich durch die Straßen, wo meine Kunden wohnen, und das gibt mir als Schnorrer ein höheres Ansehen.»

«O nein, da täuscht Ihr Euch! Was, seid Ihr schwachmütig genug, Euch das einreden zu lassen? Natürlich behaupten die Wohltäter sämtlich, daß Arbeit den Menschen erhöht, aber Ihr wißt doch sicher, daß man Schnorren und Arbeiten nicht vermischen darf. Der Mensch kann nicht auf zwei Hochzeiten tanzen. Er muß seinen Beruf wählen und dann dabei bleiben, sonst leistet er nichts Ordentliches. Ein Bekannter von mir hat einmal auf den Rat der Wohltäter gehört, anstatt sich von mir belehren zu lassen. Er hatte die beste Provinztour von England, aber in jedem Ort redete der Gemeindevorsteher auf ihn ein, er solle doch etwas arbeiten, und er war so schwach, darauf zu hören. Zum Schluß legte er tatsächlich die Ersparnisse eines Jahres in Schmuckgegenständen an und hausierte auf seiner Runde damit. Die Gemeindevorsteher kauften ihm alle etwas ab, um ihn anzuspornen (obwohl sie ihm so viel abhandelten, daß kein Profit dabei war), und drückten ihm ihre Freude und Hochachtung aus, daß er seinen Lebensunterhalt mit redlicher Arbeit verdiente und auf eigenen Füßen stünde wie ein rechter Mann. ‹Aber ich schnorre daneben auch›, erklärte er, wenn sie fertig waren, und hielt ihnen die Hand hin. Ja, denkt Ihr! Keiner gab ihm auch nur einen Penny. Er hatte einen nicht wieder gutzumachenden Fehler begangen, auf einen Schlag die einträglichsten Verbindungen zerstört, und bekam zum Schluß nicht einmal etwas für seinen Kundenkreis. Drum hört auf meinen Rat, Jankele, und laßt den Wohltätern, die Euch erhalten, keine Unterstützung zukommen. Damit bringt Ihr sie um ihre Befriedigung. Glaubt mir, ein Schnorrer kann nicht vorsichtig genug sein. Wenn Ihr einmal zu arbeiten beginnt, wo wollt Ihr die Grenze ziehen?»

«Seid Ihr nicht selber ein Heiratsvermittler?» rief Jankele unbedacht.

«Das!» donnerte Manasseh zornig. «Das tue ich zum Vergnügen! Wer nennt das Arbeit?»

«Seht doch, dort steht Henry Simons!» rief Jankele, um ihn abzulenken, machte aber die Sache nur noch schlimmer.

Henry Simons war ein Individuum, das unter der Bezeichnung «Der jüdische Akrobat», «Harry der Tänzer» oder «Der jüdische Taschenspieler» bekannt war. Später sollte er als Held einer Verleumdungsaffäre berühmt werden, die England mit Streitschriften für oder wider überschwemmte, doch bisher hatte er bloß seine Talente in eine so abwegige Richtung entwickelt, daß es die Gefühle seiner Mitschnorrer aufs gröblichste verletzte und sogar den Verdacht auf seine vorgängige Taufe nahelegte. Auch jetzt führte er inmitten einer Schar von Gaffern Taschenspieler-Kunststücke und andere Mätzchen vor - eine wunderliche Gestalt mit einem Samtkäppchen auf den dünnen, zerrauften Haarsträhnen und mit einem roten Halstuch, dessen Enden durch den Gürtel gezogen waren. Sein langes olivenfarbiges Gesicht war von struppigen Bartbüscheln umgeben und von tiefer Melancholie geprägt.

«Da seht Ihr, was beim Arbeiten herauskommt!» rief Manasseh. «Zum Schluß verführt es dazu, den heiligen Sabbat zu entweihen! Wendet Euer Antlitz ab! Glaubt mir, ein Schnorrer kann der künftigen Welt weit sicherer sein. Nein, nie und nimmermehr würde ich meine Tochter einem Arbeitsmenschen geben oder einem Schnorrer, der auf unrechtmäßige Weise Geld verdient!»

«Aber wenn ich doch dadurch Geld einnehme?» beharrte Jankele.

«Heute nehmt Ihr ein - aber morgen? Das ist kein sicheres Einkommen. Arbeit jederlei Art ist unzuverlässig, das liegt in ihrer Natur. Die Geschäfte können plötzlich schlecht gehen. Die Leute denken weniger religiös, und Ihr verliert Euer Amt als Aufwecker - oder sie werden religiöser und brauchen keinen Minjemann mehr.»

«Nu, werden nicht gebaut neue Synagogen?»

«Neue Synagogen haben eine enthusiastische Gemeinde. Es finden sich genug Teilnehmer für den Gottesdienst.»

Jankele setzte wieder sein schelmisches Blinzeln auf. «Im Anfang», gab er zu. «Doch ein Schnorrer hat Zeit zum Warten.»

Manasseh schüttelte den Kopf. «Schnorren ist die einzige Tätigkeit, die das ganze Jahr lang regelmäßig Geld einbringt. Auf alles andere ist kein Verlaß. Die größten Handelsfirmen können Fallit machen, wie ja auch geschrieben steht: ‹Die Hochmütigen erniedriget Er.› Aber dem Schnorrer kann nichts passieren. Für seine Bedürfnisse zu sorgen, sind immer genug Leute da. Wenn Ihr Vater wärt, Jankele, würdet Ihr mich verstehen. Kann ein Mann zulassen, daß das künftige Glück seiner Tochter auf einem so unsicheren Fundament wie der Arbeit ruht? Nie und nimmer! – Was verdient Ihr bei Euerer Runde durch das Quartier? Darauf kommt es an.»

«Fünfundzwanzig Shilling die Woche.»

«Wahrhaftig?»

«Wie Mosis Wort so wahr! In Halbshilling-, Shilling- und Zweishillingstücken. Allein in Houndsditch habe ich bis auf wenige Häuser zwei komplette Straßen!»

«Aber ist das sicher? Die Einwohner wechseln. Gute Straßen kommen herunter.»

«Diese fünfundzwanzig Shilling Einkommen sind so sicher wie Mocattas Geschäft. Ich habe alles aufgeschrieben zu Hause - Ihr könnt die Bücher kontrollieren, wenn Ihr wollt.»

«Nein, nein!» rief Manasseh und schwenkte mit grandioser Gebärde seinen Stock. «Wenn ich kein Vertrauen zu Euch hätte, würde ich Euch gar nicht anhören. Es freut mich außerordentlich, zu sehen, daß Ihr diesem Erwerbszweig soviel Aufmerksamkeit schenkt. Ich vertrete von jeher die Überzeugung, daß man die Reichen in ihrem eigenen Heim besuchen muß, und beklage es, daß die persönliche Beziehung, der enge Kontakt mit den Menschen, denen man die gute Tat ermöglicht, durch leblose Zirkulare ersetzt wird. Wir sind es unserer Stellung schuldig, den Wohlhabenden die Gelegenheit zu einer von Herzen kommenden Wohltat zu bieten. Wir dürfen sie nicht durch unsere Nachlässigkeit und Herzenskälte dazu bringen, daß sie ihrerseits kalten Blutes einen Scheck ausstellen, ohne das menschliche Mitgefühl, das nur durch persönlichen Verkehr entstehen kann - wie ja auch geschrieben steht: ‹Barmherzigkeit befreit vom Tode.› Glaubt Ihr etwa, eine Spende, die öffentlich durch einen Sekretär ausgezahlt und im Jahresbericht ausgewiesen wird, hätte die gleiche sühnende Kraft wie die milde Gabe, die man dem Armen diskret in die Hand drückt? Einem Armen, der keinem seiner Wohltäter verraten würde, was er von den anderen Wohltätern erhält?»

«Es freut mich, daß Ihr wenigstens nicht das Einkassieren der Gaben betrachtet als Arbeit», versetzte Jankele mit einem Anflug von Ironie, die aber an da Costa verloren war.

«Nein, sofern der Spender keine geschriebene Quittung für das Geld erhält. Und in einem solchen Besuch, Jankele, liegt mehr Freundschaft, als wenn man sich in ein Trauerhaus begibt, um dort für ein Honorar zu beten.»

«Oj, dann werdet Ihr am Ende auch nicht gelten lassen mein Jahrzeitgeld!» rief Jankele mit gespielter Bestürzung.

«Euer Jahrzeitgeld? Was ist das?»

«Wißt Ihr nicht? Wenn ein Mensch Jahrzeit hat, ist er den ganzen Tag mildtätig gestimmt.»

«Ach, Ihr meint, wenn er den Todestag eines Familienmitglieds begeht? Gibt es denn in Euerer Gemeinde genügend solche Jahrzeiten, wie Ihr es nennt?»

«Ein paar mehr würden nicht schaden. Sie bringen mir nur ein etwa fünfzehn Pfund im Jahr. Unsere Gemeinde ist zu jung, wie Ihr richtig sagt. Der Friedhof in der Globe Street ist leer wie eine Synagoge unter der Woche. Die Väter haben *ihre* Väter auf dem Kontinent zurückgelassen, und die Jahrzeiten finden statt im Ausland. Aber in nicht allzu langer Zeit werden auch die Eltern beginnen hinzusterben. Jeder Vater und jede Mutter hinterläßt zwei, drei Söhne, die Jahrzeit halten, und jedes Kind, Gott soll hüten, zwei, drei Geschwister und einen Vater. Obendrein kommen täglich mehr Juden aus Deutschland, was bedeutet, daß es immer mehr Todesfälle geben wird. Es wäre sogar richtiger, diesen Posten doppelt einzusetzen.»

«Nein, nein, haltet Euch an die Tatsachen. Es ist eine Sünde, auf das Unglück unserer Mitmenschen zu spekulieren.»

«Soll ich leben, muß ein anderer sterben», erwiderte Jankele schalkhaft. «Hab ich die Welt so eingerichtet? Und habt Ihr nicht selbst gesagt: ‹Wohltun befreit vom Tode›? Wenn die Menschen ewig lebten, könnten die Schnorrer gar nicht leben.»

«Still! Ohne Schnorrer könnte die Welt nicht bestehen. Wie geschrieben steht: ‹Reue und Gebet und Wohltun wenden das Übel ab.› Das Wohltun steht an letzter Stelle – es ist der Höhepunkt, das Größte auf Erden, und der Schnorrer ist *der* Größte auf Erden. Denn im Talmud steht geschrieben: ‹Wer veranlaßt, ist größer als wer ausführt.› Darum ist der Schnorrer, der die gute Tat bewirkt, noch größer als jener, der sie vollbringt.»

«Wenn man vom Wolf spricht!» rief Jankele, der immer Mühe hatte, seine ernste Miene zu bewahren, wenn Manasseh in seinen dithyrambischen Stil verfiel. «Läuft denn dort nicht Greenbaum, dessen Vater wurde gestern beerdigt! Kommt, gehen wir zufällig über die Straße und wünschen ihm, lange zu leben!»

«Greenbaum gestorben! War das der Greenbaum von der Börse, der es so wüst mit den Weibern getrieben hat?»

«Der nämliche», versetzte Jankele. Und dann, da sie sich dem Sohn näherten: «Gut Sabbat, Mr. Greenbaum! Möget Ihr lange leben! Welcher Schlag für die Gemeinde!»

«Euer Mitgefühl tut mir wohl», erwiderte der Sohn mit tränenvoller Stimme.

«Ach ja!» seufzte Jankele gepreßt. «Euer Vater ist gewesen ein guter Mann, ein großer Mann – genau meine Größe.»

«Die Kleider habe ich schon dem Glaser Baruch gegeben», sagte der junge Greenbaum.

«Dem Glaser! Hat er nicht seinen Beruf, der ihn erhält? Ich aber habe nichts als die Kleider, die ich am Leibe trage, und sie passen mir nicht halb so gut, wie die von Euerem gottseligen Vater mir passen würden.»

«Baruch hat viel Unglück gehabt», entschuldigte sich Greenbaum. «Diesen Winter hat ihn ein Mißgeschick getroffen, von dem er sich noch nicht erholt hat. Eins seiner Kinder ist gestorben, unglückseligerweise gerade als der viele Schnee lag, so daß die Trauerwoche in die beste Schneeballzeit fiel und er sieben Arbeitstage verlor.» Damit wandte er sich zum Gehen.

«Sag ich's nicht? Auf die Arbeit ist kein Verlaß!» rief Manasseh.

«Auf manche Arbeit doch», beharrte der Schnorrer. «Was ist mit den sechs Guineen, die ich verdiene, wenn ich herumtrage zum Laubhüttenfest den Palmzweig, damit die Frauen, die nicht die Synagoge besuchen können, ihn berühren? Und mit der Trompete, die ich zu Neujahr blase für die nämlichen Frauen, damit sie rechtzeitig zu fasten aufhören?»

«Der Betrag ist so klein, daß sich keine Diskussion lohnt. Fahrt fort.»

«Einen noch kleineren Betrag, gerade die Hälfte von diesem, beziehe ich aus den Almosen, die gespendet werden zum Purimfest, und von den Bräutigamen, die aufgerufen werden am Tag der Gesetzesfreude. Dazu löse ich ungefähr viereinhalb Pfund im Jahr aus den alten Kleidern, die man mir schenkt. Dann lädt man mich oft ein zu einer Mahlzeit – meiner Schätzung nach entspricht das gut sieben Pfund jährlich. Schließlich kommen dazu noch alle möglichen Spenden unter zehn Guineen. Ihr wißt, es gibt immer Legate, Geschenke, Verteilungen, unerwartete Sachen. Man weiß nie, was der Tag wird bringen.»

«Ja, ich glaube, der Betrag für Einkünfte aus unerwarteten Quellen ist nicht zu hoch gegriffen», stimmte Manasseh zu. «Ich selber habe mich öfter vor der Börse oder in Sampsons Kaffeehaus herumgetrieben, wenn die Spekulanten gerade einen großen Coup gelandet hatten, und sie haben mir einen ganz hübschen Prozentsatz von ihrem Profit bezahlt.»

«Und ich», brüstete sich Jankele, zu edlem Wetteifer angestachelt, «habe einmal von Gideon, dem Goldhändler, zwei Sovereigns gekriegt in einer einzigen Minute. Er liebt es, die Schnorrer auf die Probe zu stellen, und gibt einen Sovereign statt einem Shilling, als täte er es irrtümlich. Die Dummen beeilen sich, damit davonzukommen, oder sie stecken die Münze ein so gleichgültig, als merkten sie nichts, oder lassen sie im Gegenteil zu schnell verschwinden in der Tasche. Aber die Klugen sagen ihm ehrlich, er hätte sich geirrt, und er gibt ihnen zum Lohn noch einen Sovereign. Mit Gideon ist Redlichkeit die beste Politik. Dann ist da noch Rabbi de Falk, der Baal-Schem, der große Kabbalist. Wenn der...»

«Mit alldem habt Ihr noch nicht Euere hundertfünfzig Pfund im Jahr beisammen!» unterbrach ihn Manasseh ungeduldig.

«Ja, wenn Ihr soviel Posten nicht wollt gelten lassen...», sagte Jankele mit langem Gesicht.

«Nein, auch wenn man alles mitrechnet, so kommt Ihr nur auf hundertdreiundvierzig Pfund und neunzehn Shilling.»

«Was heißt!» rief Jankele erschüttert. «Wie wollt Ihr das so genau wissen?»

«Meint Ihr, ich brächte keine simple Addition zustande?» erwiderte Manasseh streng. «Das sind doch Euere zehn Punkte, nicht wahr?» Und er zitierte:

	£	s.	d.
1. Feste Rente von Synagoge samt Pessachgaben	8	0	0
2. Aufwecken zum Frühgottesdienst	10	10	0
3. Runde im Bezirk	65	0	0
4. Als Minjemann und Bixträger ..	14	0	0
5. Jahrzeiten	15	0	0
6. Palmzweigtragen und Trompeteblasen	6	6	0
7. Purimgaben, etc.	3	3	0
8. Verkauf von alten Kleidern	4	10	0
9. Gegenwert für freie Mahlzeiten .	7	0	0
10. Diverse, unerwartet	10	10	0
Summa £	143	19	0

«Ein Kind könnte das ausrechnen!» schloß Manasseh streng.

Jankele fühlte sich von echter Bewunderung für da Costas erstaunliches Gedächtnis und mathematisches Talent hingerissen, überwand aber augenblicklich seine Bestürzung und rief: «Natürlich hab ich auch gerechnet auf die Mitgift von meiner Frau, und sollte es sein zu Gutem nur hundert Pfund!»

«In Konsoln angelegt, würde Euch das keine zusätzlichen vier Pfund eintragen», erwiderte Manasseh prompt.

«Und der Rest wird aufgewogen durch zusätzliche Gratismahlzeiten», antwortete Jankele, nicht minder schlagfertig. «Wenn ich Euch abnehme den Unterhalt für Euere Tochter, werdet Ihr mich öfter einladen können an Eueren Tisch als jetzt.»

«Durchaus nicht», gab Manasseh zurück. «Jetzt, da ich weiß, wie gut Ihr Euch steht, werde ich mich ja nicht mehr bewogen fühlen, Euch Wohltaten zu erweisen, weil es mir kein Verdienst einträgt.»

«Und ob Ihr werdet!» versetzte Jankele in einschmeichelndem Ton. «Seid Ihr doch ein zu ehrenhafter Mann, um als Wohltäter zu wissen, was ich erzählt habe dem Schadchen*, dem Schwiegervater und dem Mitschnorrer. Außer-

* Heiratsvermittler

dem werdet Ihr mich ja nicht einladen zum Essen als Schnorrer, sondern als Schwiegersohn.»

«In diesem Licht gesehen, würdet Ihr mich ja ebenso an Eueren Tisch einladen», wandte Manasseh ein.

«Nie hätte ich zu denken gewagt, daß Ihr mir erweisen würdet eine solche Ehre! Aber auch so werde ich nicht imstande sein, Euch so feines Essen vorzusetzen wie Ihr mir; es bleibt also eine Differenz zu meinen Gunsten.»

«Das ist richtig», meinte da Costa nachdenklich, «aber trotz allem fehlt Euch noch ungefähr eine Guinee zu Euerer Rechnung.»

Nun war Jankele wirklich in die Enge getrieben, doch er ripostierte ohne merkliches Zögern: «Ihr rechnet nicht, was ich erspare durch meine Frömmigkeit. Zwanzigmal im Jahr faste ich, und das macht doch sicherlich aus eine Guinee per annum.»

«Aber Ihr werdet Kinder bekommen...»

Jankele zuckte die Schultern.

«Das ist schon Sache des Allmächtigen, geheiligt sei Sein Name. Gibt Er sie, wird Er sie auch versorgen. Ihr dürft auch nicht vergessen, daß bei *Euerer* Tochter die Mitgift wird mehr betragen als armselige hundert Pfund.»

«Die Mitgift meiner Tochter wird zweifellos ihrem Stand entsprechen», erklärte Manasseh mit seiner großartigsten Miene. «Allerdings hatte ich mir vorgenommen, sie nur einem König der Schnorrer zur Frau zu geben.»

«Nu, werde ich nicht sein ein König der Schnorrer, wenn ich sie heirate?»

«Wie meint Ihr das?»

«Ich werde geschnorrt haben Euere Tochter, den größten Schatz der Welt! Und werde sie noch dazu geschnorrt haben vom König der Schnorrer!! Und werde obendrein noch geschnorrt haben Euere Vermittlungsgebühr als Schadchen!!!»

4. Kapitel
In welchem berichtet wird, wie die königliche Heirat zustande kam.

Manasseh Bueno Barzillai Azevedo da Costa war von der Beweisführung seines angehenden Schwiegersohns so beeindruckt, daß er eine volle Minute lang in Schweigen verharrte. Als er schließlich antwortete, lag in seinem Ton noch mehr Respekt, als die Aufstellung von Jankeles Einkommen ihm abgenötigt hatte. Manasseh gehörte nicht zu den Menschen, die aus dem Geld einen Götzen machen; er sah es als etwas an, was mühelos zu erwerben war. Seine Bewunderung sparte er sich für Verstandesgaben auf, denn die waren absolut nicht übertragbar.

«Gewiß», sagte er, «wenn ich Euerem Drängen nachgäbe und Euch meine Tochter zusagte, so hättet Ihr Euch als ein König der Schnorrer erwiesen, der ihr ebenbürtig wäre; doch eine nähere Untersuchung Euerer Beweisführung wird zeigen, daß Ihr von einer falschen Voraussetzung ausgeht.»

Jankele breitete die Hände aus und zuckte die Achseln. «Was! Noch stärkere Beweise wollt Ihr für meine Fähigkeiten als Schnorrer?»

«Viel stärkere Beweise! Ich brauche den Beweis der Tat. Das einzige Mal, als ich Euch schnorren sah, habt Ihr versagt.»

«Ich? Wann?» rief Jankele entrüstet.

«Gerade vorhin, als Ihr den jungen Greenbaum um die Kleider seines Vaters angingt.»

«Er hatte sie doch schon weggegeben!» verteidigte sich der Polnische.

«Nun und? Wenn jemand *meine* Kleider weggegeben hätte, dann hätte ich Ersatz dafür gefordert! Wenn Ihr mein Schwiegersohn werden wollt, Jankele, dürft Ihr Euch wahrhaftig nicht auf diese Weise abblitzen lassen. Nein, nein, ich halte mich an das Wort unserer Weisen: ‹Wer seine Tochter einem Ungebildeten gibt, könnte sie ebensogut gefesselt einem Löwen hinwerfen.›»

«Ihr habt mich aber auch schnorren gesehen mit Erfolg!» protestierte der Freier.

«Niemals!» widersprach Manasseh heftig.

«Oftmals!»

«Bei wem?»

«Bei Euch!» erwiderte Jankele keck.

«Bei *mir*!» rief Manasseh mit unbeschreiblichem Hohn. «Was beweist das? Ich bin ein großmütiger Mensch. Die Probe besteht darin, einem Geizhals etwas herauszulocken.»

«Gut, werde ich einen Geizhals anschnorren!» verhieß Jankele mit Todesmut.

«Das wollt Ihr tun?»

«Ja. Wählt Eueren Geizhals.»

«Nein, das überlasse ich Euch», sagte da Costa höflich.

«Dann also soll es sein - Sam Lazarus, der Fleischer.»

«Nein, nicht Sam Lazarus. Er hat einmal einem Schnorrer, den ich zufällig kenne, elf Pennies gegeben.»

«Elf Pennies?» wiederholte Jankele ungläubig.

«Ja, es war seine einzige Möglichkeit, einen schlechten Shilling loszuwerden. Er war nicht falsch, nur rissig, aber niemand wollte ihn nehmen, außer dem Schnorrer. Allerdings ließ sich Lazarus einen Penny zurückgeben, aber ein wirklich großer Geizhals hätte seinem Hort lieber den rissigen Shilling hinzugefügt als den untadeligen Penny.»

«Es kommt aufs gleiche heraus, wenn er ihn doch nicht ausgibt», meinte Jankele.

«Das stimmt», sagte da Costa nachdenklich, «aber aus ebendem Grund ist auch ein Geizhals nicht am schwierigsten herumzukriegen.»

«Wie kommt Ihr da drauf?»

«Liegt es nicht auf der Hand? Wir haben gesehen, wie Lazarus elf Pennies verschenkt. Ein

Geizhals, der nichts für sich selber ausgibt, kann in Ausnahmefällen dazu gebracht werden, etwas herzugeben. Aber ein Mann, der persönlich in jedem Genuß schwelgt und anderen nichts vergönnt - der ist das schwierigste Objekt! Er hat einen Zweck für sein Geld - es soll seinem eigenen Vergnügen dienen! Man trifft ihn an seiner verletzlichsten Stelle, wenn man seinen Schatz vermindert - man bringt ihn um seine animalischen Freuden. Von so einem Menschen etwas zu schnorren, würde ich als ein edleres und höheres Unternehmen ansehen, als einem bloßen Geizhals etwas abzunehmen.»

«Nu gut. Nennt Eueren Mann.»

«Nein, die Entscheidung steht einzig Euch zu», erklärte Manasseh mit einer neuen, großartigen Verbeugung. «Ich füge mich selbstverständlich Euerer Wahl. Ihr seid ein Ehrenmann - würde ich sonst auch nur daran denken, Euch zu meinem Schwiegersohn zu machen?»

«Nu, so wähle ich Mendel Jacobs in Mary Axe.»

«Mendel Jacobs? Nein, den nicht! Der ist ja verheiratet. Ein Ehemann kann nicht ausschließlich seinem eigenen Vergnügen leben.»

«Warum nicht? Gehört die eigene Frau nicht zu den Freuden der Schöpfung? Vielleicht kommt sie auch billiger als eine Haushälterin.»

«Darüber wollen wir nicht streiten. Ich lehne Mendel Jacobs ab.»

«So soll es sein Simon Kelutzki, der Weinhändler.»

«Der! Der geht mit seiner Tabaksdose recht großzügig um. Mir selber hat er einmal eine Prise angeboten. Natürlich habe ich sie nicht angenommen.»

Jankele nannte noch einige Namen, die alle bei Manasseh keinen Anklang fanden. Schließlich hatte der selbst eine Inspiration.

«Habt Ihr in Euerer Gemeinde nicht einen Rabbi von sprichwörtlichem Geiz? Wartet, sein Name wird mir gleich einfallen...»

«Einen Rabbi?» murmelte Jankele in heuchlerischem Staunen, während sein Herz angstvoll zu pochen begann.

«Ja, wie heißt er doch... Rabbi Sprott?»

Jankele schüttelte den Kopf. Das Verderben starrte ihm ins Gesicht – seine zärtlichsten Hoffnungen brachen zusammen.

«Ich weiß, es ist irgendein fischiger Name... Rabbi Shellfish? Nein, das ist es nicht. Er predigt über die Reue.»

Jankele sah, daß alles zu Ende war.

«Vielleicht meint Ihr den, den man Rabbi Hering nennt?» murmelte er kaum hörbar, denn seine Stimme versagte.

«Natürlich! Rabbi Hering, der Reuevolle!»

rief Manasseh. «Nach allem, was ich höre – denn ich habe den Mann nie gesehen –, ist er der König der Fresser und Säufer und dabei der größte Geizhals der Welt. Wenn Ihr es dazu bringt, an seinem Tisch zu speisen, dann verdient Ihr wirklich ein König der Schnorrer genannt zu werden.»

Jankele war blaß geworden und zitterte. «Aber ist er doch verheiratet!» wandte er mit einem letzten Hoffnungsschimmer ein.

«Eßt morgen bei ihm zu Mittag», gebot Manasseh ungerührt. «Ich weiß, daß er sich am Sabbat immer besonders gütlich tut. Wenn er Euch an seinem Tisch willkommen heißt, heiße ich Euch in meiner Familie willkommen.»

«Ihr kennt nicht den Mann! Es ist nicht zu machen!» rief Jankele.

«Nicht zu machen – das ist die Ausrede des unfähigen Schnorrers. Ihr habt mein Ultimatum gehört. Kein Mittagessen, keine Braut. Keine Braut – keine Mitgift.»

«Wie würde denn aussehen die Mitgift?» fragte Jankele, um auf ein anderes Thema zu kommen.

«Oh, die ist einzigartig, ganz einzigartig. Da ist zuerst das ganze Geld, das sie von der Synagoge bekommt. Unsere Synagoge gewährt mittellosen Mädchen eine ansehnliche Aussteuer. Für diesen Zweck gibt es große Legate.»

Jankeles Augen funkelten. «Oj, was seid ihr Spanier für vornehme Leute!»

«Dann würde ich meinem Schwiegersohn alles überlassen, was ich an Jerusalemer Grund und Boden besitze.»

«Was, habt Ihr Besitz im Heiligen Land?» fragte Jankele ehrfürchtig.

«Erstklassig, mit unanfechtbarer Garantie. Und natürlich würde ich ihm auch dieses oder jenes Gebiet hier in England übertragen.»

«Was?» rief Jankele atemlos.

«Könnte ich weniger tun, wenn ich ihm doch mein eigenes Fleisch und Blut anvertraue? Aber hier sind wir an meiner Tür angelangt. Es ist leider zu spät geworden, um Euch hineinzubitten. Gut Sabbat! Und vergeßt nicht Euere Verabredung, morgen bei Rabbi Hering zu Mittag zu speisen.»

«Gut Sabbat!» stammelte Jankele nur und schlich schweren Herzens heim in seine Behausung – Dinah's Building, Tripe Yard, Whitechapel, wo sein Andenken bis zum heutigen Tage weiterlebt.

Rabbi Hering, der Reuevolle, war ein nicht beamteter Prediger, den man gern zu Trauergottesdiensten in Privathäusern zuzog, weil er ein eigenes Talent für wohlgesetzte Nachrufe besaß. Er war ein großer, massiger Mann mit überquellendem Bauch und rotem Bart, und seine geistlichen Tröstungen ließen kein Auge trocken. Seine Kunden wußten, daß er sich in seinem Privatleben der Völlerei ergab und nur im Punkt der Wohltätigkeit Enthaltsamkeit übte, doch das war eine andere Sache. Als Trauerredner war er nicht zu übertreffen: er war zuverlässig und pünktlich, ließ die Versammlung nicht warten und wußte höchst eindrücklich darzulegen, daß in Gilead noch Balsam zu finden ist.

Um dies zu beweisen, hatte er fünf verschiedene Ansprachen parat; die engere Wahl hing von den jeweiligen Umständen ab. Wenn er, was nicht selten vorkam, den Abgeschiedenen gar nicht gekannt hatte, erkundigte er sich draußen im Vorzimmer: «Mann oder Frau? Knabe oder Mädchen? Verheiratet oder ledig? Kinder vorhanden? Kleinere oder größere?»

Sobald diese Fragen beantwortet waren, war er bereit und wußte genau, welche seiner fünf Trostreden am Platze wäre. Sie waren sämtlich vage und allgemein genug, um auf die mannigfaltigsten Umstände zu passen, und sogar wenn er einmal die Antworten falsch verstand und sich etwa irrtümlich über den Schmerz eines - in Wirklichkeit längst verschiedenen - Witwers ausließ, war der Schaden nicht groß. Die paar gänzlich unmöglichen Stellen konnten als ein Sichverhören der Trauergesellschaft wegdiskutiert werden. Manchmal – sehr selten – riskierte er eine oder zwei zusätzliche Phrasen, die diesem besonderen Fall entsprachen, doch er tat es sehr behutsam, denn ein Mann, der im Ruf eines vortrefflichen Stegreifsprechers steht, kann nicht vorsichtig genug sein, wenn er je einmal der Eingebung des Augenblicks folgt.

Wo es nicht um Leichenreden ging, war er ein Versager; jedenfalls hatte sein einziger Versuch, öffentlich in einer englischen Synagoge zu predigen, ihm seinen Spitznamen eingetragen. Er sprach über die Reue und bemühte sich gewissenhaft, seiner Gemeinde diesen Begriff zu erklären: «So ging ich zum Beispiel kürzlich über die London Bridge und sah eine Fischhändlerin mit einem Korb voll schöner, fetter Heringe. ‹Wieviel?› frage ich. ‹Zwei für drei Halfpence›, sagt sie. ‹Das ist viel zu teuer›, sage ich. ‹Für diesen Preis kann ich mit Leichtigkeit drei bekommen.› Doch darauf wollte das Weib nicht eingehen, und ich schritt weiter, weil ich dachte, ich würde am anderen Ende der Brücke einer anderen Fischhändlerin mit der gleichen Ware begegnen. Es waren prächtige, fette Heringe, und wenn ich mir vorstellte, wie gut sie schmecken würden, lief mir schon das Wasser im Munde zusammen. Doch als ich ans Ende der Brücke kam, war weit und breit kein anderes Fischweib in Sicht. Ich kehrte also zu der ersten Händlerin zurück, denn die Heringe waren wirklich sehr billig, und ich hatte nur gefeilscht, weil das zum Geschäft gehört. Als ich aber hinkam, hatte die Frau soeben ihren letzten Fisch verkauft! Ich hätte mir vor Ärger die Haare ausraufen können. Und dies, meine lieben Andächtigen, ist, was ich Reue nenne.»

Von da an war der Rabbi das, was die Gemeinde «Rabbi Hering Reuevoll» nannte.

Des Rabbis Vorliebe, die abstrakten Begriffe durch konkrete Beispiele zu verdeutlichen, war aber nicht zu unterdrücken, und insbesondere seine wirkungsvolle Veranschaulichung des Wohltuns kam in allen seinen fünf Trauerreden vor: «Wenn ihr zum Beispiel ein Paar alte Beinkleider habt - schickt sie dem Rabbi!»

Doch wie es so zu gehen pflegt, war Rabbi Hering Reuevoll persönlich nichts weniger als eine überzeugende Verkörperung der Tugenden, die er predigte. Er lebte sehr großzügig – dank der Großzügigkeit anderer Menschen –, aber niemand konnte sich rühmen, von ihm auch nur einen Deut mehr, als ihm zustand, bekommen zu haben; die Schnorrer (die ganz allgemein die Auffassung vertraten, daß ihnen beträchtliche Summen gebührten) sahen ihn als einen betrügerischen Bankrotteur an. Er seinerseits glich sich mit einem chronischen

Groll gegen die Welt aus, die seine Dienste nur ungenügend belohnte. «Ich verdiene so wenig», lautete seine bittere Klage, «daß ich ohne die Fasttage nicht leben könnte.» Tatsächlich bildeten die von der Religion vorgeschriebenen Fasten in seiner Bilanz einen viel bedeutenderen Posten als bei Jankele; er pflegte so üppig zu speisen, daß die Ersparnisse aus dieser Quelle geradezu als ein sicheres kleines Einkommen gelten konnten. Wie Jankele betont hatte, war er verheiratet. Seine Frau hatte ihm auch ein Kind geschenkt, das aber mit sieben Jahren starb und ihm damit den einzigen großen Schmerz seines Lebens zufügte. Er war zu eifersüchtig, um in diesen dunklen Tagen einen Konkurrenz-Trostprediger kommen zu lassen, und von seinen eigenen fünf Predigten wollte keine auf den Fall passen. Es dauerte ein paar Monate, bis er wieder mit seinem alten Appetit speiste.

Kein Mensch, der nicht von Gesetzes wegen Anspruch darauf erheben konnte, hatte je an seinem Tisch gegessen, doch wenn seine Frau auch nur zwei Personen zu verpflegen hatte, kochte sie gewohnheitsmäßig für drei, weil ihr Mann buchstäblich für zwei aß - und eigentlich für mehr, denn für sich selber rechnete sie nur eine halbe Portion.

Es war also in einem Zustand verständlicher

Verstörung, daß Jankele, mit dem besten Staat eines anderen angetan, sich etwa eine halbe Stunde vor dem Sabbat-Mittagmahl, das er mit ihm zu teilen strebte, vor Rabbi Herings Haus einfand.

«Kein Mittagmahl, keine Hochzeit!» lautete da Costas strenger Urteilsspruch.

Kein Wunder, daß dies unerreichbare Mahl in Jankeles Vorstellung nun die Bedeutsamkeit einer Hochzeitsfeier annahm! Deborah da Costas holdes Gesicht umschwebte ihn wie eine lockende Fata Morgana.

Der Sabbat war kalt und unfreundlich, doch in seinem Gemüt sah es noch düsterer aus. Der Rabbi bewohnte in der Steward Street, Spitalfields, eine elegante Parterrewohnung, denn wo es um seine eigene Person ging, knauserte er mit nichts, außer mit guten Taten. Den Eingang bildete ein kleines Portal, ein hölzerner Spitzbogen auf zwei Pfosten, und während Jankele, mühsam atmend, als wären es dreihundert, die drei Holzstufen hinanstieg und sich fragte, ob er auch nur auf die andere Seite der Haustür gelangen würde, überkam ihn die Versuchung, heimzugehen und friedlich zu Mittag zu essen, um Manasseh hinterher zu erzählen, er hätte mit dem Rabbi getafelt… Manasseh würde ihm nie auf die Lüge kommen – er hatte keinerlei Maßnahmen getroffen, um sich zu vergewissern, ob Jankele die Probe bestünde oder nicht. Schon eine solche Sorglosigkeit verdiente Strafe – das suchte Jankele sich in selbstgerechter Entrüstung einzureden. Dann aber erinnerte er sich daran, daß Manasseh ihn für einen Ehrenmann hielt und ihm vertraute, und diese Seelengröße des Gönners erweckte auch in der Brust des Schmarotzers ritterliche Gefühle.

Er beschloß, wenigstens den Versuch zu wagen. Wenn es mißglückte, war noch immer Zeit, ein Märchen auszudenken.

Bebend vor Edelmut wie auch vor Angst, ergriff Jankele den Türklopfer. Er hatte keinen festen Plan, sondern verließ sich auf sein Glück und seinen Mutterwitz.

Mrs. Hering öffnete die Tür einen Spalt weit, und Jankele stellte rasch den Fuß hinein.

«Ich möchte sprechen den Rabbi.»

«Der Rabbi ist beschäftigt», erwiderte die Frau, ein dürres, verhutzeltes Geschöpf, das einst rundlich und hübsch gewesen war. «Er unterhält sich sehr eifrig mit einem Herrn.»

«Nu, ich kann warten.»

«Aber der Rabbi wird bald essen.»

«Ich kann warten bis nach dem Essen», sagte Jankele entgegenkommend.

«Der Rabbi pflegt aber lange bei Tisch zu sitzen.»

«Was tut das? Je länger, je besser», versetzte Jankele mit unverminderter Gelassenheit.

Die arme Frau sah ganz verdutzt drein. «Ich werde meinen Mann fragen», sagte sie schließlich.

Jankele verbrachte einen angstvollen Augenblick im Gang, bis die Frau zurückkam und meldete: «Der Rabbi möchte wissen, was Ihr von ihm wollt.»

«Ich möchte heiraten», erklärte Jankele in einem plötzlichen Anfall von Wahrheitsliebe.

«Aber mein Mann nimmt keine Trauungen vor.»

«Warum nicht?»

«Er kann nur Trost bei Todesfällen bringen», erklärte sie treuherzig.

«Nu, ich werde aber nicht heiraten ohne ihn», murmelte Jankele düster.

Mit diesem Bescheid kehrte die kleine Frau verwirrt zu ihrem Eheliebsten zurück. Nun aber erschien Rabbi Hering Reuevoll in Person, und in seinen Augen funkelten Neugier und Gier. Auf dem Haupt trug er das Scheitelkäppchen der Heiligkeit, sah aber nichtsdestoweniger wie ein Fresser aus.

«Gut Sabbat, Sir! Was ist das für eine Geschichte, daß Ihr heiraten wollt?»

«Eine sehr lange Geschichte», antwortete Jankele. «Und da Euere liebe Frau mir sagt, daß Euer Essen bereit ist, will ich Euch jetzt nicht damit aufhalten.»

«Nein, wir haben noch ein paar Minuten Zeit. Um was geht es?»

Jankele aber schüttelte den Kopf. «Gott soll schützen, daß ich Euch hier in dem zugigen Gang aufhalte!»

«Sorgt Euch nicht darum. Ich spüre keine Zugluft.»

«Gerade das ist das Gefährliche! Ihr spürt nicht, und auf einmal, Gott behüte, könnt Ihr Euch nicht rühren vor Rheumatismus - und dann bereut Ihr», sagte Jankele mit seinem schalkhaften Zwinkern. «Ist Euer Leben nicht kostbar? Wer wird trösten die Gemeinde, wenn *Ihr* nicht mehr seid?»

Es war eine zweideutige Bemerkung, doch der Rabbi hörte nur das Schmeichelhafte heraus und nickte wohlwollend. «Ich würde Euch hineinbitten, aber es ist ein Besucher da.»

«Nu wenn schon? Was ich Euch zu sagen habe, Rabbi, ist kein Geheimnis. Jeder Fremde kann es hören.»

Rabbi Hering stand unschlüssig da. «Ihr wünscht, daß ich Euch verheirate?»

«Ich bin gekommen, damit ich kann heiraten», erwiderte Jankele.

«Aber ich habe nie eine Trauung vollzogen.»

«Heißt es nicht: Besser spät als nie?»

«Sonderbar - sonderbar...», murmelte der Rabbi in Gedanken verloren.

«Was ist sonderbar?»

«Daß Ihr gerade heute kommt. Warum seid Ihr nicht zu Rabbi Sandman gegangen?»

«Rabbi Sandman!» rief Jankele verächtlich. «Wer wird schon gehen zu Rabbi Sandman!»

«Warum denn nicht?»

«Jeder Schnorrer geht zu ihm!»

«Hm!» sinnierte der Rabbi. «Vielleicht besteht wirklich ein Bedarf nach etwas mehr Vornehmheit bei der Trauung... Kommt herein. Ich kann Euch noch fünf Minuten widmen - wenn es Euch wirklich nichts ausmacht, vor einem Fremden zu sprechen.»

Er öffnete die Tür zur Wohnstube, und Jankele folgte ihm mit heimlichem Frohlocken. Das Außenwerk der Festung war erstürmt, und sein Herz schwoll von froher Hoffnung. Doch der erste Blick, den er ins Zimmer tat, ließ ihn zurücktaumeln, und er wäre beinahe hingefallen.

Dort stand, mit dem Rücken zum Feuerplatz und den ganzen Raum mit seiner mächtigen Gestalt dominierend, niemand anderer als Manasseh Bueno Barzillai Azevedo da Costa!

«Gut Sabbat, Jankele!» rief er freundlich seinem Schützling entgegen.

«G-g-gut Sabbat!» stotterte Jankele.

«Was, Ihr kennt einander?» rief der Rabbi.

«Gewiß», sagte Manasseh. «Offenbar seid Ihr ebenfalls gut mit ihm bekannt?»

«Nein, er ist nur gekommen, um etwas mit mir zu besprechen», erklärte der Rabbi.

«Ich dachte, Ihr kennt den Rabbi nicht, Mr. da Costa!» Diese Bemerkung konnte Jankele sich nicht verkneifen.

«Gestern kannte ich ihn noch nicht. Ich hatte erst vor einer halben Stunde das Vergnügen, seine Bekanntschaft zu machen. Wir trafen uns zufällig auf der Straße, als er vom Morgengebet kam, und er war so freundlich, mich zum Mittagessen einzuladen.»

Jankele war sprachlos. Ungeachtet seiner heimlichen Belustigung über Manassehs großtuerisches Gehaben, gab es Augenblicke, in denen die echte Großartigkeit dieses Menschen ihn überwältigte und ihm gegen seinen Willen Bewunderung abzwang. Wie in aller Welt hatte der Spanier das fertiggebracht?

Ein Blick auf den Tisch zeigte ihm, daß er bereits zum Mittagmahl gedeckt war – für drei Personen! *Er* hätte dieser Dritte sein sollen. War es anständig von Manasseh, seine Aufgabe derartig zu erschweren? Es bestand natürlich eine unvergleichlich geringere Chance, als Vierter eingeladen zu werden – ganz abgesehen von der Verknappung der Portionen. «Ihr habt doch sicher nicht die Absicht, zum Essen zu bleiben!» rief er bestürzt.

«Ich habe dem Rabbi mein Wort gegeben und möchte ihn keineswegs enttäuschen», erklärte Manasseh.

«Ach, das hat wahrhaftig nichts auf sich!» rief Rabbi Hering rasch. «Ich kann ebensogut nach dem Essen zu Euch kommen!»

«Nach Tisch empfange ich nicht», erwiderte Manasseh majestätisch. «Da halte ich meine Siesta.»

Der Rabbi wagte keinen weiteren Einspruch zu erheben und wandte sich wieder zu Jankele: «Also, was hat es mit Euerer Heirat auf sich?»

«Das kann ich vor Mr. da Costa nicht sagen», antwortete Jankele, um Zeit zu gewinnen.

«Ihr sagtet doch gerade, ein jeder könnte es hören?»

«Wann habe ich das gesagt? Ich habe gesagt, ein Fremder kann es hören. Mr. da Costa ist aber kein Fremder. Er weiß zuviel von der Sache.»

«Ja, was machen wir da?» murmelte der Rabbi.

«Oh, *ich* kann warten bis nach dem Essen», erklärte ihm Jankele liebenswürdig. «*Ich* halte keine Siesta.»

Bevor der Rabbi antworten konnte, brachte

seine Frau den Braten herein und stellte ihn auf den Tisch. Ihr Mann warf ihr wütende Blicke zu, sie aber schritt, pünktlich wie ein Uhrwerk und ebenso gedankenlos, zum Schrank und brachte die schwarze Schnapsflasche. Was mit Jankele geschah, war Sache ihres Mannes. Ihre Sache war es, das Essen rechtzeitig aufzutischen. Hätte sie sich versäumt, wäre er ebenfalls böse geworden. Sie war nicht nur seine Frau, sondern auch Mädchen für alles.

Angesichts der weit fortgeschrittenen Vorbereitungen setzte sich Manasseh da Costa ohne weiteres zu Tisch, und die Rebetzin, die Frau des Rabbiners, nahm auf einen Wink ihres Mannes den Platz am unteren Ende ein. Der Rabbi saß natürlich obenan, hinter der Schüssel. Er pflegte selbst das Essen auszuteilen, da er niemandem anderen trauen konnte, daß er seine Fähigkeiten richtig einschätzte. Jankele blieb stehen. Die Braten- und Kartoffeldüfte erfüllten den Raum mit wehmütiger Poesie.

Plötzlich hob der Rabbi den Kopf und erblickte Jankele. «Wollt Ihr es uns nicht nachtun?» fragte er in süßem Ton.

Das Herz des Schnorrers tat einen Freudensprung. Er legte die Hand auf die Lehne des einzigen leeren Stuhls. «Und ob ich das will, Rabbi!»

«Dann geht doch nach Hause und setzt Euch zu *Euerem* Essen», sagte der Rabbi.

Jankeles Herz blieb ebenso jäh stehen, wie es aufgehüpft war. Es lief ihm wie Todeskälte über den Rücken. In seiner tiefen Herzensnot warf er einen flehenden Blick auf Manasseh, welcher dasaß und unmerklich in sich hinein kicherte.

«Kann ich denn gehen und Euch lassen ohne einen dritten Mann für das Tischgebet?» rief er im Ton eines tadelnden Propheten. «Wenn ich schon hier bin, wäre es eine Sünde wegzugehen.»

Der Rabbi war mit den Geboten seiner Religion so weit bekannt, daß er nicht zu widersprechen wagte. Es wäre tatsächlich sündhaft gewesen, die Gelegenheit zu der frömmeren Form des Tischgebets, die drei männliche Teilnehmer erfordert, zu versäumen.

«Es würde mich freuen, wenn Ihr bliebet, aber leider haben wir nur drei Fleischteller.»

«Was schadet das? Ich kann nehmen die Schüssel.» Und Jankele setzte sich mit dem alten wilden Herzklopfen auf den vierten Stuhl und warf dem noch immer kichernden Manasseh einen triumphierenden Blick zu.

Die Hausfrau, die ihres Gatten optische Signale falsch verstand, erhob sich und holte aus der Tiefe eines Buffets Messer und Gabel hervor, die sie vor den Gast hinlegte. Der Hausherr belud zunächst seinen eigenen Teller, nicht so sehr aus Unhöflichkeit wie aus lebenslänglicher Gewohnheit, turmhoch mit Fleisch und Kartoffeln und teilte hierauf den Rest zu ungleichen Teilen, halbwegs proportional zur Größe der betreffenden Personen, zwischen Manasseh und seiner Frau auf. Dann reichte er Jankele die leere Schüssel.

«Ihr seht, es ist nichts mehr übrig», sagte er einfach. «Wir waren nicht einmal auf *einen* Gast vorbereitet.»

«Wer zuerst kommt, mahlt zuerst», bemerkte Manasseh mit seinem sphinxartigen Lächeln und machte sich über seinen Teller her.

Jankele saß wie versteinert da und starrte auf die Schüssel, die ebenso leer war wie sein Gehirn. Er hatte verloren.

Diese Mahlzeit war ein leerer Hohn – wie die Schüssel. Er konnte nicht erwarten, daß Manasseh die Probe als bestanden ansähe, wie schlau er es auch zu drehen versuchte. So saß er ein paar Minuten wie im Traum da. Das Klappern von Messer und Gabel klang ihm höhnisch in die Ohren, die köstlichen Düfte reizten seinen hungrigen Gaumen. Doch schließlich riß er sich aus seiner Betäubung auf, und nun suchte er in fieberhafter Spannung seines ganzen Wesens nach einer rettenden Idee. Manasseh unterhielt sich unterdessen mit dem Hausherrn über neuhebräische Literatur.

«Bei uns in Grodno hatten wir die Absicht, eine Zeitung zu gründen», sagte der Rabbi. «Aber die Mittel...»

«Was, seid Ihr aus Grodno?» fiel ihm Jankele ins Wort.

«Ja, ich bin dort geboren, bin aber vor mehr als zwanzig Jahren ausgewandert», murmelte der Rabbi mit vollem Mund, während er eifrig mit Messer und Gabel arbeitete.

«Dann müßt Ihr der berühmte Prediger sein, von dem jetzt noch alle reden!» rief Jankele hingerissen. «Ich erinnere mich nicht, ich war ein kleines Kind, aber die Leute sagen, einen solchen findet man heut nicht mehr.»

«In Grodno hat mein Mann eine Branntweinschenke betrieben», warf die Rebetzin dazwischen.

Ein paar peinliche Sekunden verstrichen, bis der Hausherr zu Jankeles Erleichterung bemerkte: «Ja, aber der Herr (Ihr werdet entschuldigen, Sir, daß ich Euch so nenne, ich kenne Eueren Namen nicht) meint sicher meinen Ruhm als Wunderkind. Mit fünf Jahren predigte ich schon vor vielen hundert Zuhörern, und meine Gewandtheit, die Texte auszulegen und zu deuten, daß sie etwas anderes bedeuteten, als es auf den ersten Blick schien, rührte achtzigjährige Greise, die seit ihrer frühesten Kindheit mit der Thora vertraut waren, zu heißen Tränen. Es hieß, einen solchen jungen Maggid* hätte man seit Ben Sira nicht erlebt.»

«Warum habt Ihr es aufgegeben?» fragte Manasseh.

«Es hat mich aufgegeben», sagte der Rabbi und ließ zum erstenmal Messer und Gabel ruhen, um die alte Klage anzustimmen. «Ein Wunderkind hat nur kurze Zeit zu leben. Bis zu neun Jahren zog ich noch, doch dann wurde das Wunder mit jedem Jahr geringer, und als ich dreizehn war, erregte meine Bar-Mizwah-Rede** kein größeres Aufsehen als die Reden vieler anderer Jungen. Nachher wurstelte ich noch eine Zeitlang so kindlich wie möglich weiter, aber ich kämpfte für eine verlorene Sache. Mein Alter gewann täglich einen größeren Vorsprung. Wie ja auch geschrieben steht: ‹Ich bin jung gewesen, und nun bin ich alt.› Vergeblich komponierte ich die kunstvollsten Reden, die man je in Grodno gehört hatte, vergeblich hielt ich einen Kursus über die Gefühle

* Schriftgelehrter

** Bar-Mizwah: Konfirmation. Der dreizehnjährige Knabe wird feierlich in die Gemeinde aufgenommen und gilt von nun an in religiöser Beziehung als Erwachsener. (Anm. d. Übers.)

mit Erläuterungen und Beispielen aus dem täglichen Leben ab – die wankelmütige Menge wandte sich jüngeren Attraktionen zu. So gab ich schließlich auf und verkaufte Wodka.»

«Ein Jammer! Ein wahrer Jammer!» seufzte Jankele. «Einer, der Ruhm gewonnen hat in der Auslegung der Thora!»

«Was soll der Mensch tun? Er bleibt nicht immer ein Kind», versetzte der Rabbi. «Ja, ich betrieb einen Wodka-Ausschank. Das ist, was ich Herunterkommen nenne. Doch es ist noch Balsam in Gilead. Ich verlor so viel Geld, daß ich auswandern mußte, und da ich in England keine andere Arbeit fand, wurde ich wieder Prediger.» Er goß sich ein Glas Schnaps ein, ohne auf die Wasserflasche zu achten.

«Von dem Wodka-Ausschank hatte ich noch nichts gehört», sagte Jankele. «Der wurde geschluckt von Euerem früheren Ruhm.»

Der Rabbi trank sein Glas Schnaps hinunter, schmatzte mit den Lippen und nahm wieder Messer und Gabel zu Hand. Manasseh griff, ohne aufgefordert zu sein, nach der Flasche und bediente sich großzügig. Der Rabbi zog die Flasche scheinbar zerstreut aus Manassehs Reichweite, während seine Augen auf Jankele ruhten.

«Seid Ihr schon lange von Grodno fort?» fragte er.

«Nein, ich bin erst vor kurzem hierhergekommen.»

«Hm... Leidet der Kantor Gabriel noch immer an seinem Gliederreißen?»

Jankele machte ein betrübtes Gesicht. «Nein, er leidet nicht mehr. Er ist tot.»

«Großer Gott! Nun ja, er war nicht mehr jung, als ich ihn kannte. Sein Schofar-Blasen* klang jedes Jahr asthmatischer. Aber sein jüngerer Bruder Samuel – wie geht's dem?»

«Der ist tot», sagte Jankele.

«Was, der auch? Ttt! Der war doch ein kräftiger Mensch! Aber sagt, hat Mendelsohn, der Steinklopfer, noch ein paar Töchter dazubekommen?»

«Mendelsohn? Der ist tot!» sagte Jankele.

«Was?» Der Rabbi ließ Messer und Gabel fallen. «Ich hab doch erst vor ein paar Monaten von ihm gehört!»

«Er ist leider gestorben», wiederholte Jankele.

«Gott der Gerechte! Mendelsohn tot!» Nach einem Augenblick der Erschütterung aß er weiter. «Nun, hoffentlich geht es seinen Söhnen und Töchtern gut. Der Älteste, Solomon, war ein sehr frommer Bursch, und Nechamah, die dritte Tochter, ein wunderschönes Mädel.»

* Schofar: Widderhorn, auf dem am Versöhnungstag geblasen wird. (Anm. d. Übers.)

«Beide sind tot», sagte Jankele.

Diesmal wurde der Rabbi selber totenblaß und legte automatisch sein Besteck hin.

«Tot? Alle beide?»

«Ja, und die anderen auch. Die ganze Familie ist an der Cholera gestorben.»

Der Rabbi bedeckte das Gesicht mit den Händen. «Dann ist die Frau des armen Solomon jung Witwe geworden. Hoffentlich hat er ihr genug Geld hinterlassen.»

«Nein, aber es kommt nicht darauf an», sagte Jankele.

«Doch, darauf kommt es sehr an!» rief der Rabbi.

«Sie ist tot», sagte Jankele.

«Rebekka Schwarz tot!» schrie der Rabbi. Er war selbst in das Mädchen verliebt gewesen, und da er sie nicht geheiratet hatte, empfand er noch heute Zärtlichkeit für sie.

«Rebekka Schwarz ist tot!» wiederholte Jankele erbarmungslos.

«Starb sie auch an der Cholera?» stammelte der Rabbi.

«Nein, an einem gebrochenen Herzen.»

Rabbi Hering schob seinen Teller von sich. Er stützte die Ellbogen auf den Tisch und das Gesicht in die Handflächen, währenddem sein Kinn auf der Schnapsflasche ruhte. So saß er da, in kummervolle Gedanken versunken.

«Ihr eßt ja nicht, Rabbi!» bemerkte Jankele besorgt.

«Ich habe keinen Appetit mehr», murmelte der Rabbi.

«Nebbich, schade um das gute Essen! Eßt doch, solange es warm ist!»

Der Rabbi schüttelte störrisch den Kopf.

«Dann will ich es essen! Ist es nicht eine Sünde, verderben zu lassen gutes, warmes Essen?» rief Jankele in tugendsamer Entrüstung.

«Wenn Ihr Lust habt...», sagte der Rabbi gleichgültig. Und Jankele begann mit blitzartiger Geschwindigkeit zu essen. Er gönnte sich nur eine Pause, um dem unergründlichen Manasseh zuzuzwinkern und sehnsüchtige Blicke auf die unerreichbare Schnapsflasche zu werfen, die das Kinn des Rabbis stützte.

Plötzlich sah der Rabbi auf. «Seid Ihr wirklich ganz sicher, daß alle diese Leute tot sind?» fragte er mit aufdämmerndem Argwohn.

Jankele griff wie der Blitz nach der Schnapsflasche und schenkte sich mit einer schwungvollen Bewegung ein Glas ein. «Möge mein Blut dahinströmen wie dieser Schnaps, wenn es nicht wahr ist!» verschwor er sich feierlich.

Der Rabbi versank wieder in sein düsteres Sinnen und verharrte darin, bis seine Frau gedämpfte Zwetschgen und Äpfel in einer großen Porzellanschüssel mit dem bekannten Weidenblattmuster brachte. Dazu stellte sie vier Teller auf den Tisch, so daß Jankele sein Mahl im unbezweifelbaren Status eines Ehrengastes beendete. Der Rabbi hatte sich inzwischen weit genug erholt, um in melancholischem Schweigen zwei große Teller Kompott zu verzehren, und brach dieses Schweigen erst, als er automatisch den Mund auftat, um das Dankgebet zu sprechen.

Als es zu Ende war, wandte er sich an Manasseh: «Und welchen Vorschlag wolltet Ihr mir bezüglich einer vorteilhaften Verbindung mit der sephardischen Gemeinde machen?»

«Ich habe mich tatsächlich gefragt, warum Ihr Euere Praxis als Trostsprecher nicht auch auf die spanischen Juden ausdehnt», sagte Manasseh feierlich. «Doch nach allem, was wir soeben von der Sterblichkeitsziffer der Juden in Grodno gehört haben, würde ich Euch ernsthaft raten, dorthin zurückzukehren.»

«Nein, dort kann man nicht vergessen, daß ich einmal ein Kind war», erwiderte der Rabbi mit der gleichen Feierlichkeit. «Die spanischen Juden sind mir lieber. Sie sind alle wohlhabend. Vielleicht sterben sie weniger häufig als die russischen Juden, aber sie sterben sozusagen besser. Ihr wollt mir also Empfehlungen geben, wollt mich bei Eueren illustren Freunden einführen, wenn ich richtig verstehe...»

«Ihr versteht durchaus nicht richtig», antwortete Manasseh in würdevollem Erstaunen. «Ich gedenke nichts dergleichen zu tun.»

«Aber Ihr habt es doch selbst vorgeschlagen!» rief der Rabbi aufgeregt.

«Ich? Keineswegs. Ich hatte von Euch und Eueren tröstlichen Predigten gehört, und als ich Euch heute zum erstenmal auf der Straße traf, kam es mir in den Sinn, zu fragen, warum Ihr Euere Tröstungen nicht auch im Schoß der spanischen Gemeinde durchführt, wo soviel mehr Geld zu verdienen ist. Ich sagte, ich wäre erstaunt, daß Ihr das nicht von Anfang an getan hättet, und Ihr – habt mich daraufhin zum Essen eingeladen. Ich bin noch immer erstaunt. Das ist alles, mein Guter.» Er erhob sich, um zu gehen.

Die hochmütige Abweisung ließ den Rabbi verstummen, aber sein Herz erglühte im unbestimmten Gefühl einer Kränkung.

«Geht Ihr den gleichen Weg wie ich, Jankele?» fragte Manasseh leichthin.

Der Rabbi wandte sich hastig seinem zweiten Gast zu. «Wann soll ich Euch also verheiraten?»

«Ihr habt mich schon verheiratet», erwiderte Jankele.

«Ich?» stammelte der Rabbi. Das war der letzte Schlag.

«Jawohl», bestätigte Jankele. «Sagt, Mr. da Costa, hat er mich nicht verheiratet?» Sein Herz klopfte wie verrückt bei dieser Frage.

«Zweifellos», erwiderte Manasseh ohne Zögern.

Jankeles Gesicht erstrahlte wie ein heller Sommertag. Nur zwei von dem Quartett wußten um das Geheimnis dieses Strahlens.

«Nu, da hört Ihr's, Rabbi!» rief er jubelnd. «Gut Sabbat!»

«Gut Sabbat!» fügte Manasseh hinzu.

«Gut Sabbat!» murmelte der Rabbi ganz verwirrt.

«Gut Sabbat!» wiederholte seine Frau.

«Jetzt müßt Ihr mir gratulieren!» rief Jankele, sobald er und da Costa aus dem Hause waren.

«Wozu?» fragte Manasseh.

«Was heißt wozu? Daß ich Euer Schwiegersohn sein werde!»

«Ach dazu? Nun freilich, dazu gratuliere ich Euch herzlich.» Die beiden Schnorrer schüttelten sich die Hand. «Ich dachte, Ihr wolltet Komplimente, wie gut Ihr Euch aus der Affäre gezogen habt.»

«Nu, verdiene ich die nicht?»

«Nein!» erklärte Manasseh bestimmt.

«Nein? Warum nicht?» fragte Jankele gekränkt.

«Warum habt Ihr so viele Leute umgebracht?»

«Soll ich leben, müssen andere sterben.»

«Das habt Ihr schon einmal gesagt», tadelte Manasseh streng. «Ein wirklich guter Schnorrer hätte nicht so viele für ein einziges Mittagessen hingemordet. Das war Verschwendung von gutem Material. Und obendrein noch eine Lüge.»

«Wie wollt Ihr wissen, ob sie nicht wirklich tot sind?»

Der König schüttelte vorwurfsvoll den Kopf. «Ein erstklassiger Schnorrer lügt niemals», erklärte er.

«Ich hätte nicht nötig gehabt zu lügen, wenn Ihr nicht auch gekommen wäret zum Essen.»

«Was redet Ihr da! Ich kam, um Euch Mut zu machen, indem ich Euch zeigte, wie leicht Euere Aufgabe wäre!»

«Ihr habt es aber gemacht viel schwerer für mich. Es war nicht genug Essen da.»

«Es mußte doch eine Erleichterung für Euch sein, zu sehen, daß der Rabbi bereits einen Gast eingeladen hatte. Er konnte also nicht so schwer herumzukriegen sein.»

«Ihr dürft nicht urteilen nach Euch selber!» protestierte Jankele. «Denn seid Ihr doch kein Schnorrer, sondern ein Wunder!»

«Ich möchte aber einen Schwiegersohn haben, der gleichfalls ein Wunder ist», quengelte Manasseh.

«Nu, wenn *Ihr* müßtet schnorren um den Schwiegersohn, so würdet *Ihr* bekommen ein Wunder», sagte ihm Jankele beschwichtigend. «Weil aber er muß schnorren um Euch, bekommt *er* das Wunder.»

Manasseh überlegte. «Das ist richtig. Darum denke ich, Ihr könntet auch ohne Mitgift ganz zufrieden sein.»

«Vielleicht könnte ich sein», gab Jankele zu, «nur Ihr wäret nicht zufrieden, daß Ihr nicht haltet Euer Versprechen. Einen Teil der Mitgift werde ich wohl bekommen am Hochzeitsmorgen?»

«Am Morgen Eueres Hochzeitstages bekommt Ihr meine Tochter - garantiert. Ist das nicht genug für einen Tag?»

«Und wann werde ich bekommen das Geld, das Euere Tochter bekommt von der Synagoge?»

«Dann, wenn sie es von der Synagoge bekommt, natürlich.»

«Wieviel wird es sein?»

«Es kann auch hundertfünfzig Pfund sein», verkündete Manasseh großartig.

Jankeles Augen funkelten.

«Und es kann auch weniger sein», fügte Manasseh wie beiläufig hinzu.

«Um wieviel weniger?» erkundigte sich Jankele besorgt.

«Um hundertfünfzig Pfund!» wiederholte Manasseh ebenso großartig.

«Soll das heißen, ich könnte auch bekommen gar nichts?»

«Gewiß, falls sie nichts bekommt. Ich habe Euch das Geld versprochen, das sie von der Synagoge erhalten wird. Sollte sie bei der *Sorteo* Glück haben...»

«*Sorteo*? Was ist das?»

«Die Mitgift, von der ich Euch sprach. Sie wird durch das Los verteilt, und meine Tochter hat die gleichen Aussichten wie jedes andere junge Mädchen. Mit meiner Tochter gewinnt Ihr die Chance, hundertfünfzig Pfund zu gewinnen. Das ist eine stattliche Summe. Es gibt nicht viele Väter, die so viel für ihre Töchter tun würden», schloß Manasseh im vollen Bewußtsein seiner Großherzigkeit.

Jankele sprang auf ein anderes Thema über. «Aber diese Besitzungen in Jerusalem! Ich gedenke nicht, ins Heilige Land zu ziehen und dort zu leben. Der Messias ist noch nicht gekommen.»

«Nein, Ihr könntet wohl kaum davon leben», bestätigte Manasseh.

«Ihr habt also nichts dagegen, daß ich es verkaufe?»

«O nein! Wenn Ihr so schäbig denkt, wenn Ihr so wenig wahres jüdisches Gefühl besitzt!»

«Wann könnte ich übernehmen diesen Besitz?»

«Wenn Ihr es wollt, an Euerem Hochzeitstag.»

«Was getan ist, ist getan», bemerkte Jankele und unterdrückte den Wunsch, sich die Hände zu reiben. «Wie der Talmud sagt: ‹Ein Pfefferkorn heute ist besser als ein Korb voll Kürbisse morgen.›»

«Gut, dann werde ich es in die Synagoge bringen.»

«In die Synagoge bringen?» wiederholte Jankele verdutzt. «Ach, Ihr meint den Schenkungsvertrag!»

«Den Schenkungsvertrag! Glaubt Ihr, ich verschwende mein Geld auf Gebühren und Notare? Nein, ich bringe den Besitz selbst.»

«Wie wollt Ihr das anfangen?»

«Wo liegt die Schwierigkeit?» fragte Manasseh mit schneidender Verachtung. «Kann nicht jedes Kind ein Fäßchen Erde in die Synagoge tragen?»

«Ein Fäßchen Erde! Ist Euer Jerusalemer Grundbesitz nur ein Fäßchen Erde?»

«Was denn soll es sein? Ihr habt doch nicht ein Fäßchen Diamanten erwartet?» gab Manasseh mit wachsendem Zorn zurück. «Für einen guten Juden ist ein Fäßchen Jerusalemer Erde mehr wert als alle Diamanten der Welt!»

«Dann ist Euer Besitz in Jerusalem ja ein Schwindel!» rief Jankele.

«Nein, darüber könnt Ihr beruhigt sein. Es ist absolut echt. Ich weiß, daß viel falsche Erde aus dem Heiligen Land im Handel ist, und mancher gute Mann, dem man ganze Schollen davon auf den Sarg geworfen, liegt trotzdem in ungeheiligtem Boden begraben. Aber dieses Fäßchen habe ich von einem berühmt frommen Rabbi erworben. Es war das einzige Ding in seinem Besitz, das des Schnorrens wert war.»

«Ich glaube nicht, daß ich mehr werde dafür bekommen als eine Krone!» rief Jankele, der seine Empörung nicht mehr zurückzuhalten vermochte.

«Das sage ich ja!» gab Manasseh zurück. «Und nie hätte ich gedacht, daß mein eigener Schwiegersohn auch nur daran denken würde, meine geheiligte Erde für schäbige fünf Shilling zu verhökern! Ich will mein Wort nicht zurücknehmen, aber Ihr enttäuscht mich, Ihr enttäuscht mich bitterlich! Hätte ich gewußt, daß diese Erde nicht Euere Gebeine bedecken würde, so wäre sie mit mir ins Grab gesunken, wie es in meinem Letzten Willen und Testament bestimmt ist, neben dem sie in meinem Kassenschrank steht!»

«Nu, schon gut. Werde ich sie denn verkaufen?» versetzte Jankele verdrossen.

«Ihr erleichtert mir mein Herz. Wie in der Mischna geschrieben steht: ‹Wer aber ein Weib nimmt um des Geldes willen, der zeugt trotzige Kinder.›»

«Und was ist mit dem Gebiet in England?» fragte Jankele leise und verzagt. Daran hatte er zwar selbst nicht geglaubt, doch jetzt in seiner Enttäuschung klammerte er sich an eine letzte Hoffnung, daß doch noch etwas aus dem Zusammenbruch zu retten wäre.

«Oh, das könnt Ihr selbst wählen», erklärte Manasseh huldvoll. «Wir werden uns einen großen Stadtplan von London vornehmen – und ich werde mit einem Rotstift das Gebiet einzeichnen, in dem ich selber schnorre. Innerhalb dieser Grenzen könnt Ihr Euch Eueren eigenen Bezirk aussuchen – sagen wir zwei Hauptstraßen, eingeschlossen die dazugehörigen zehn, zwölf Seitengassen und -gäßchen. Die werden wir mit Blaustift bezeichnen, und ich verpflichte mich, von Euerem Hochzeitstag an nicht mehr darin zu schnorren, welche Provinz meines Königreichs Ihr auch wählen möget. Ich brauche Euch nicht zu sagen, wie wertvoll eine solche Provinz schon heute ist; unter der sorgfältigen Verwaltung, zu der ich Euch befähigt glaube, können die Einkünfte daraus verdoppelt, ja verdreifacht werden. Und ich würde von Euch nicht mehr als zehn Prozent Abgaben verlangen.»

Jankele schritt wie ein Schlafwandler dahin. Die imponierende Großartigkeit seines Gönners versetzte ihn in eine Art Trance.

«Da sind wir ja!» rief Manasseh, vor seiner Haustür stehenbleibend. «Wollt Ihr nicht hereinkommen und Euere Braut begrüßen?»

Jankeles eben noch so düsteres Gesicht erstrahlte in heller Freude. Schließlich war ja bei alldem noch immer da Costas schöne Tochter vorhanden - ein sehr solider, substantieller Trost. Er war froh, daß sie nicht einen Posten der Mitgift bildete.

Die nichtsahnende Braut öffnete ihnen die Tür.

«Ach, Jankele, Jankele!» rief Manasseh bei ihrem holden Anblick aus der Tiefe seines Vaterherzens. «Ihr werdet nicht nur ein König sein, sondern obendrein ein reicher König! Wie geschrieben steht: ‹Wer aber ist reich? Der ein schönes und gutes Eheweib hat!›»

5. Kapitel
In welchem berichtet wird, wie der König den Machamad auflöste.

Manasseh da Costa (auf diese Kürze wurde die Vielfalt seiner Namen in dem formellen Schreiben zusammengestutzt) war vorgeladen, vor dem Machamad zu erscheinen, denn die Kunde von der bevorstehenden Vermählung seiner Tochter mit einem polnischen Juden hatte in der Brust der Gemeindeältesten das lebhafteste Grauen und Entsetzen erregt. Ein polnischer Jude sprach das Hebräische anders aus als sie!

Der Machamad war ein Rat der Fünf und nicht minder furchteinflößend als der berüchtigte Rat der Zehn. Wie der venezianische Gerichtshof, der ganz zu Unrecht die Aufmerksamkeit der Geschichte monopolisiert hat, von der Aristokratie Venedigs, wurde auch er alljährlich von einer größeren Körperschaft von Ältesten gewählt. «Die edlen Herren vom Machamad», wie sie betitelt wurden, verwalteten die Angelegenheiten der Spanisch-Portugiesischen Gemeinde, und ihre Oligarchie würde zweifellos als Musterbeispiel für alles Willkürliche und Inquisitorische in die Annalen eingehen, wäre nicht die ganze Institution weithin unbekannt geblieben. Der Machamad selbst betrachtete sich als den Mittelpunkt der Schöpfung. Bei einer Gelegenheit hatte er sich sogar geweigert, sich der Autorität des Lord Mayor von London zu fügen. Ein sephardischer Jude lebte und webte und existierte «mit Genehmigung des Machamad». Ohne diese Genehmigung gab es für ihn keinen rechtmäßigen Platz im Weltenplan. Ohne «die Genehmigung des Machamad» konnte er nicht heiraten; mit ihr erlangte er ohne weiteres die Scheidung seiner Ehe. Sterben durfte er allerdings ohne die Ermächtigung des hohen Rates, aber das war auch die einzige wichtige Handlung in seinem Leben, die nicht von dessen Gutdünken abhing, und begraben werden durfte er ganz bestimmt nur «mit Genehmigung des Machamad». Der *Chacham* selbst, der «Weise» oder Oberrabbiner der Gemeinde, durfte ohne Genehmigung des Machamad seine Schäfchen nicht zum heiligen Ehebund vereinigen. Und diese Behörde betätigte sich nicht nur negativ und passiv, sondern auch positiv und aktiv. Um ein *Jachid*, ein anerkanntes Mitglied der Gemeinde, zu sein, mußte man seinen Nacken einem Joch beugen, das noch schwerer lastete als die Vorschriften der Thora – von der Bezahlung der *Finta* oder Kopfsteuer ganz zu schweigen. Wehe dem Juden, der es ablehnte, sich zu einem der zahlreichen Würdenträger der sehr komplizierten Verfassung ernennen zu lassen: zum «Aufseher der Gefangenen» (der das Lösegeld für die in Ketten liegenden Geiseln der maurischen Korsaren oder die in türkischen Verliesen schmachtenden Kriegsgefangenen aushandelte) oder zum Gemeindepräsidenten, zum «Parnaß des Heiligen Landes» oder zum «Bräutigam des Gesetzes», und wie sie sonst noch alle heißen mochten. Seiner harrten häufige, schwere Geldstrafen - zugunsten der Armenkasse - «mit Genehmigung des Machamad». Unselig der arme Wicht, der sich «durch Beleidigung des Präsidenten oder grobe Beschimpfung anderer Personen», wie es in der Verordnung so reizend ausgedrückt war, einer schlechten Aufführung schuldig machte. Für diese und andere Verfehlungen waren strenge, peinliche Strafen vorgesehen: Ausschluß von «verdienstvollen Taten», wie etwa das Einhüllen der heiligen Schriftrollen oder das Öffnen der Bundeslade; schmachvolle Verbannung auf einen Sitz hinter dem Lesepult; Entzug des Stimmrechts, Rasierverbot für Tage oder gar Wochen! Und wenn der Jachid, der gezwungenermaßen ein Amt angenommen hatte, die damit verbundenen Pflichten nicht aufs zuverlässigste und pedantischste erfüllte, wurde er wiederum gebüßt und bestraft. Eine Geldstrafe von vierzig Pfund vertrieb Isaac Disraeli, den Sammler der «Literarischen Kuriositäten», aus dem Tempel und führte so zu der politischen Kuriosität, welche die Karriere von Lord Beaconsfield darstellt.* Die Gemeindeältesten, die ihre Verfassung im reinsten Kastilisch redigierten - und dies zu einer Zeit, als Pepys** die Unschicklichkeit ihrer kleinen Synagoge in King Street beanstandete -, gedachten mit ihren Statuten die Gemeinde zu festigen und nicht etwa sie zu zersetzen. Es war eine Diktatur ohne Takt und Fingerspitzengefühl, diese Herrschaft des Machamad, eine unflexible Anwendung der ehernen Gesetze, die «in den goldenen Tagen des guten König Karl» geschmiedet worden waren, als die kleine Kolonie der holländisch-spanischen Exilierten einem Lager in Feindesland glich, das eines militärischen Regiments bedurfte; im Verein mit den Ver-

* Benjamin Disraeli (1804–1881), Sohn von Isaac, trat vom Judentum zur anglikanischen Kirche über; Staatsmann und Schriftsteller, wurde er 1876 zum Earl of Beaconsfield ernannt. (Anm. d. Übers.)

** Samuel Pepys (1633–1703), Schriftsteller, bekleidete das Amt des Sekretärs der Admiralität und verfaßte heimlich Tagebücher (1660–1669), die erst im 19. Jahrhundert veröffentlicht und wegen ihrer kühnen Offenheit berühmt wurden; die erste vollständige, unzensierte Ausgabe in 11 Bänden begann erst seit 1970 zu erscheinen. (Anm. d. Übers.)

lockungen einer hindernislosen «christlichen» Laufbahn trieb sie manche hervorragende Familie zum Ghetto hinaus und in die Seiten des englischen Adelsregisters. Athen war von jeher ein gefährlicher Rivale für Sparta.

Doch der Machamad selbst bewegte sich strikt in den Geleisen der Vorschrift. Der legalistische Instinkt der Hebräer, der den gigantischsten und bis ins kleinste gehenden Sittenkodex der Welt geschaffen hatte, verleitete diese Juden einer späteren Epoche dazu, ihm eine lokale Gesetzgebung anzuhängen, einen auf zweihundert Seiten angeschwollenen portugiesischen Text, ein kompliziertes Netzwerk von *Ascamot* oder Vorschriften, die jeder denkbaren Möglichkeit der Gemeindepolitik Rechnung trugen, angefangen vom Streit der Mitglieder um die besten Sitze in der Synagoge bis zu den Ausmaßen ihrer Gräber in der *Carreira,* von der Verteilung der verdienstvollen Taten unter die Reichen bis zur Verteilung von Pessach-Süßigkeiten unter die Armen. Wenn sich die Räder und Rädchen des Gemeindelebens «mit Genehmigung des Machamad» drehten, so bewegte sich der ganze Machamad mit Genehmigung der Ascamot.

Die feierliche Sitzung fand «im vollzähligen Machamad» statt. Sogar der Oberste der Gemeindeältesten war erschienen, der kraft seiner

Privilegien den Sechsten im Rat machte, ganz zu schweigen vom Kanzler oder Sekretär, der zur Rechten des Präsidenten saß und nervös an dem portugiesischen Protokollbuch herumfingerte. Er war ein kleines Männchen, ein wunderliches Gemisch von großspuriger Würde und polterndem Aufbrausen, mit schnupftabakbeschmierter Oberlippe und weingeröteter Nase. Er war durchdrungen vom Gefühl seiner eigenen Großartigkeit, doch es war ein Stolz, der in Demut wurzelte, denn er fühlte sich nur darum groß, weil er im Dienst der Größe stand. Er lebte «mit Genehmigung des Machamad». Es hieß, als man ihn einmal nach der Zeit fragte, hätte er mechanisch geantwortet: «Ich muß den Machamad konsultieren.» Diese Konsultation war aber eine reine Formsache. Praktisch hatte der Sekretär größeren Einfluß als der Oberrabbiner, dem es zum Beispiel nicht gestattet war, einen Armen als Almosenempfänger zu empfehlen – mit der wunderlichen Begründung, daß der Respekt, den man ihm, dem Oberrabbiner zollte, den Rat ungebührlicherweise zugunsten seines Kandidaten beeinflussen könnte. Da kein Mitglied im Lauf seines Amtsjahrs die Statuten meistern lernte, vor allem darum, weil die wenigsten Portugiesisch verstanden, wandte man sich mit jeder Frage unweigerlich an den Sekretär. Er war vollamtlich angestellt, quoll von Präzedenzfällen und Zitaten über und legte das Gesetz «mit Genehmigung des Machamad» mit unparteiischer Ungenauigkeit aus. In seinem tiefsten Inneren war er überzeugt, die Sonne schiene und der Regen fiele «mit Genehmigung des Machamad».

Der Ratssaal war ein wohlproportionierter Raum, geziert mit Holztafeln, die in goldenen Lettern die Namen von frommen Spendern trugen. Sie waren so dicht gesät wie Heilige auf einem Kirchhof und quollen sogar in die Vorhalle über. Um diesen Beratungstisch hatte dereinst die ritterliche Blüte der spanischen Judenheit gesessen, wahre Granden, die es an Federnpracht und Schwertgerassel mit den Blaublütigsten ihrer Zeit aufnahmen, dazu von der übertrieben zeremoniösen Artigkeit, der würdevollen kastilischen Höflichkeit, wie sie auch den heute versammelten Männern noch eigentümlich war. Diese Männer bewahrten sich nur eine schwache Erinnerung an ihre Vorgänger, verblaßt wie die Inschriften an den Wänden, hielten aber noch immer an ihren weitschweifigen, umständlichen Begrüßungen und Redeformeln fest. «Gottesfürchtige Männer von Fähigkeit und Ehre», so wie die betreffende *Ascama* es forderte, waren sie außerdem noch Männer von Ansehen und Vermögen, und das verlieh ihnen Haltung und Gelassenheit. Seine Britische Majestät zierte seinen Thron nicht würdevoller als der Präsident des Machamad, wie er mit dem Obersten der Gemeindeältesten zur Linken und dem Kanzler zur Rechten, von seinen Ratsmitgliedern umgeben, auf seinem hohen Lehnstuhl zu Häupten der Tafel thronte. Die Abendsonne sandte einen goldenen Lichtstreifen durch das nach Westen gelegene normannische Fenster, als sei sie emsig bemüht, die Namen der Anwesenden in goldenen Lettern zu verewigen – «mit Genehmigung des Machamad».

«Laßt da Costa eintreten», gebot der Präsident, als die Tagesordnung die Anwesenheit des großen Schnorrers notwendig machte.

Der Kanzler flatterte auf, öffnete mit umständlichem Getue die Tür und winkte Manasseh eifrig mit dem Finger herbei – bis er entdeckte, daß dieser sich nicht in der Vorhalle befand. Statt dessen nahte eiligst der Tempeldiener.

«Wo ist da Costa?» keuchte der Kanzler. «Ruft da Costa!»

«Da Costa!» rief der Diener mit der lautschallenden Stimme und den langgedehnten Vokalen eines höfischen Zeremonienmeisters.

Aus den Gängen klang es hohl wider – doch es war kein Manasseh zu sehen. «Vor einem

Augenblick war er doch noch da!» rief der Diener verdutzt. Er rannte den Gang entlang, und er entdeckte tatsächlich an seinem äußersten Ende, dort, wo er auf die Straße hinausführte, da Costa in würdevollem Gespräch mit einer imposanten Persönlichkeit.

«Da Costa!» rief der Diener, doch sein Ton war weniger furchteinflößend und dafür gereizter. Der Schnorrer wandte nicht einmal den Kopf.

«*Mister* da Costa», sagte der Diener, der jetzt zu nahe bei der ehrfurchtgebietenden Gestalt angelangt war, um Vertraulichkeiten zu riskieren.

Diesmal gab der Schnorrer Anzeichen eines wiederhergestellten Gehörs. Er wandte sich um und trat einen Schritt auf den Rufenden zu. «Ja? – Bitte geht nicht weg, Grobstock!» rief er seinem Gesprächspartner über die Schulter zu.

«Habt Ihr mich denn nicht rufen gehört?» brummte der Diener.

«Ich hörte Euch ‹da Costa› rufen», erwiderte Manasseh streng, «aber ich dachte natürlich, es gälte einem von Eueren Saufkumpanen.»

«Der Machamad erwartet Euch», brachte der Diener mit stockender Stimme hervor.

«Bestellt *den edlen Herren* vom Machamad, daß ich mir sogleich das Vergnügen machen werde, sie aufzusuchen», versetzte Manasseh mit tadelnder Betonung. «Nein, bitte, lauft noch nicht weg, mein lieber Grobstock!» fuhr er fort, während er wieder seinen Platz neben dem Finanzgewaltigen einnahm. «Euere verehrte Gattin gebraucht also die Kur in Tunbridge Wells. Tatsächlich, ein ausgezeichnetes Mittel gegen die Vapeurs! Ich denke daran, meine Frau nach Buxton zu schicken - der Direktor unseres Hospitals hat dort seinen Landsitz.»

«Man ruft nach Euch», wandte Grobstock ein, der gern loskommen wollte. Er war zufällig an der Synagoge vorbeigegangen, und das Auge des Schnorrers, der sich in der Eingangstür sonnte, hatte ihn erblickt und festgehalten.

«Bloß eine Sitzung des Machamad, der ich beizuwohnen habe», äußerte Manasseh gleichgültig. «Eher eine lästige Sache - aber Pflicht ist Pflicht.»

Grobstocks rotes Gesicht wurde zum Rahmen für zwei staunend aufgerissene Augen.

«Ich dachte, der Machamad wäre euer oberster Rat!» rief er.

«Ja, wir sind nur unser fünf», bemerkte Manasseh leichthin, und während Grobstock ihn ungläubig anstarrte, kam der Kanzler in eigener Person, bleich vor Bestürzung, herangeschlurft.

«Ihr laßt die edlen Herren vom Machamad warten!» keuchte er atemlos.

«Ja, Ihr habt recht, Grobstock», sagte Manasseh mit einem resignierten Seufzer. «Sie kommen ohne mich nicht weiter. Ihr entschuldigt mich gütigst, nicht wahr? Ich freue mich, Euch wieder einmal gesehen zu haben - wir werden unser Geplauder bald einmal abends bei Euch zu Hause fortsetzen, ja? Ich denke gern an Euere Gastfreundschaft zurück.»

«Meine Frau wird den ganzen Monat lang fortbleiben», wiederholte Grobstock kraftlos.

Manasseh lachte neckisch. «Hahaha! Danke für den Wink! Ich will gern helfen, Euch über ihre Abwesenheit hinwegzutrösten. Die Meinige wird vielleicht auch verreist sein - in Buxton, wie ich Euch sagte. Zwei Junggesellen, wie? Hahaha!» Und er verabschiedete sich mit huldvollem Händeschütteln von Grobstock und schlenderte gemächlich hinter dem ungeduldig eilenden Kanzler her, während sein Stock in gemessenem Tempo den Takt auf die Fliesen schlug.

«Guten Abend, Gentlemen», bemerkte er liebenswürdig, als er den Ratssaal betrat.

«Ihr habt uns warten lassen!» entgegnete scharf der Präsident des Machamad, den der Ärger aus seiner königlichen Milde aufgescheucht hatte. Er war ein dickliches, schwärzliches, sehr elegant gekleidetes Individuum. Jetzt saß er vornübergeneigt auf seinem samtenen Thron und trommelte mit den brillantenbeladenen Fingern ungeduldig auf die Tischplatte.

«Nicht so lang, wie Ihr mich habt warten lassen», entgegnete Manasseh mit stillem Groll. «Hätte ich gewußt, daß ich mir Euretwegen im Korridor kalte Füße holen würde, wäre ich nicht erschienen, und wäre nicht mein Freund, der Schatzmeister der Großen Synagoge, zufällig vorbeigekommen, so daß ich mir die Zeit im Gespräch mit ihm vertreiben konnte, hätte ich nicht so lange gewartet.»

«Ihr seid impertinent, Sir!» knurrte der Präsident.

«Ich glaube, Sir, *Ihr* schuldet mir eine Abbitte», beharrte Manasseh ungerührt, «und da ich die vorbildliche Lebensart und Höflichkeit kenne, die von jeher Euere edle Familie ausgezeichnet hat, kann ich mir Eueren gegenwärtigen Ton nur damit erklären, daß Ihr nichts vom Anlaß meiner Beschwerde wißt. Zweifellos ist es Euer Kanzler, der mich zu einer viel zu frühen Stunde herzitiert hat.»

Durch die Ruhe des Schnorrers kühl geworden, blickte der Präsident fragend auf den Kanzler, der puterrot und vor Entrüstung und Verwirrung zappelnd dasaß.

«Es ist üblich, d-d-die B-b-betreffenden vor B-b-beginn der Sitzung vorzuladen!» stotterte er hitzig.

Manasseh fiel rasch ein: «In diesem Fall möchte ich dem Obersten der Gemeindeältesten respektvollst die Bitte unterbreiten, bei der nächsten Sitzung dieser erhabenen Körperschaft den Antrag zu stellen, daß den vor den Machamad vorgeladenen Personen der Vorrang vor allen anderen auf der Tagesordnung stehenden Amtsgeschäften eingeräumt werde.»

Der Oberste der Gemeindeältesten blickte hilflos auf den Präsidenten, der ebenfalls ratlos dreinschaute.

«Doch ich will jetzt nicht auf diesem Punkt bestehen», fügte Manasseh hinzu, «und verzichte auch darauf, die Aufmerksamkeit des hohen Rates auf die flüchtige, unsorgfältige Ausfertigung der schriftlichen Vorladung zu lenken. Wenn ich pedantisch auf dem Buchstaben beharren wollte, hätte ich auf den Namen Manasseh da Costa gar nicht ansprechen müssen.»

«Das ist aber doch Euer Name!» protestierte der Kanzler.

«Wenn Ihr die Liste der Almosenempfänger nachprüft, so werdet Ihr feststellen, daß mein Name Manasseh Bueno Barzillai Azevedo da Costa lautet», erwiderte Manasseh großartig.

«Aber Ihr laßt die edlen Herren vom Machamad unnötig warten.» Und er setzte sich mit der großmütigen Miene eines Mannes, der das Vergangene vergangen sein läßt, auf den nächsten leeren Stuhl am unteren Ende des Tisches, stützte die Ellbogen auf die Platte und das Gesicht in die Hände und blickte den ihm unmittelbar gegenübersitzenden Präsidenten an. Die Ratsmitglieder waren über sein unerwartetes Betragen so verdutzt, daß diese neue Unverschämtheit kaum bemerkt wurde. Bloß der Kanzler, der in seinem tiefsten Gefühl verletzt war, schrie erbost auf: «Erhebt Euch, Sir! Diese Stühle sind für die edlen Herren vom Machamad bestimmt!»

«Da sie edle Herren sind, wissen sie, daß es nicht recht wäre, einen alten Mann noch länger stehen zu lassen», erwiderte Manasseh in vernichtendem Ton.

«Wenn Ihr ein Gentleman wäret», keuchte der Kanzler, «würdet Ihr das Zeug, das Ihr auf dem Kopf tragt, abnehmen.»

«Und wenn Ihr kein Erdenklotz wäret», entgegnete der Schnorrer, «wüßtet Ihr, daß ich mein Haupt nicht aus Nichtachtung gegen den Machamad bedeckt halte, sondern aus Ehrerbietung gegen das Gesetz, das höher steht als der Machamad. Der Reiche kann es sich leisten, unsere heilige Lehre zu mißachten, aber der Arme hat nichts als das Gesetz. Es ist sein einziger Luxus.»

Das pathetische Beben seiner Stimme erweckte in der Brust der Ratsmitglieder den unbestimmten Eindruck, daß sie im Unrecht wären und ungerecht handelten; sogar der Präsident hatte das vage Gefühl, als wäre sein scharfer Verweis abgeprallt und hätte sich gegen seine eigene Person gewendet. Er fuhr gereizt auf den Kanzler los und gebot ihm Schweigen.

«Er meint es gut», sagte Manasseh wegwerfend. «Man kann von ihm nicht das Feingefühl der edlen Herren vom Machamad erwarten. Darf ich Euch ersuchen, Sir», sprach er weiter, «mit dem Geschäft, deswegen Ihr mich vorgeladen habt, fortzufahren? Es wird spät, und ich habe noch einige Verabredungen mit Klienten einzuhalten.»

Die brillantenfunkelnden Finger des Präsidenten begannen aufs neue gereizt auf die Tischplatte zu trommeln. Er kochte innerlich vor ohnmächtigem Zorn, vor gerechter Empörung, die sich aber, er wußte selbst nicht wie, in Unrecht zu verkehren schien. «Entspricht es der Wahrheit, Sir», rief er schließlich in so furchtgebietenden Tönen, als er sie unter den obwaltenden Umständen hervorzubringen vermochte, «daß Ihr daran denkt, Euere Tochter mit einem polnischen Juden zu verheiraten?»

«Nein!» erwiderte Manasseh kurz.

«Nein?» wiederholte der Präsident verblüfft, und rings um den Tisch lief ein Murmeln des Erstaunens über das unerwartete Zusammenbrechen des ganzen Falls.

«Euere Tochter hat es doch selbst meiner Frau erzählt!» rief das Ratsmitglied, das zur Rechten von Manasseh saß.

Manasseh wandte sich ihm so lebhaft gestikulierend zu, daß er samt seinem Stuhl vorwärts kippte. «Meine Tochter heiratet einen polnischen Juden», erklärte er mit dozierendem Zeigefinger. «Das heißt aber nicht, daß ich daran denke, sie mit ihm zu verheiraten.»

«Ihr verweigert also Euere Einwilligung?» fragte das Ratsmitglied und rückte mit seinem Stuhl nach hinten, um sich der immer bedrängenderen Nähe des Schnorrers zu entziehen.

«Durchaus nicht!» rief Manasseh erstaunt, während er ihm noch näher zu Leibe rückte. «Ich *habe* bereits eingewilligt. Ich *denke* also nicht daran, einzuwilligen. Dieses Wort bezeichnet eine unentschlossene Haltung, darum...»

«Hört mit Eueren Spitzfindigkeiten auf!» rief der Präsident, dessen dunkelhäutige Wangen purpurn anliefen. «Wißt Ihr nicht, daß die von Euch in Aussicht genommene Heirat eine Schmach und eine Schande ist - für Euch,

Euere Tochter und die ganze Gemeinde, die soviel für Euch getan hat? Was! Eine Sephardin einen Tedesco heiraten! Das ist erniedrigend!»

«Und glaubt Ihr, ich empfinde die Schmach nicht ebensotief wie Ihr?» rief da Costa mit unbeschreiblichem Pathos. «Glaubt Ihr, Gentlemen, ich hätte unter dieser Leidenschaft eines Aschkenasi für meine Tochter nicht gelitten? Ich kam in Erwartung Eueres Mitgefühls her, und Ihr empfangt mich mit Vorwürfen! Vielleicht meint Ihr, Sir...» Hier wandte er sich wieder seinem Nachbarn zur Rechten zu, der in seinem Bestreben, dieser zudringlichen Nähe zu entkommen, seinen Stuhl halb abgekehrt hatte, so daß er dem beredsamen Zeigefinger den Rücken zuwandte. «Vielleicht meint Ihr, weil ich eingewilligt habe, könnte ich nicht mit Euch fühlen, könnte ich nicht Eueren Schmerz über diesen Fleck auf unserem gemeinsamen Wappenschild teilen! Vielleicht meint Ihr...» Hier steuerte er seinen Stuhl geschickt um den Ratsherrn herum, als umschiffte er ein Kap, um ihm mit seinen Argumenten von der anderen Seite zu Leibe zu rücken. «Vielleicht meint Ihr, weil Ihr selber kein Mitleid mit meiner Drangsal empfindet, empfände ich auch keines für Euere Not! Doch dem ist nicht so. Wenn ich eingewilligt habe, so nur, weil es das Beste ist, was sich für meine Tochter bietet. Doch aus meinem innersten Herzen habe ich sie verstoßen, so daß sie praktisch als Waise gelten kann und als solche alle Voraussetzungen besitzt, um Anspruch auf die Mitgift zu erheben, die Rodriguez Real, Gott hab ihn selig, für vaterlose Bräute gestiftet hat.»

«Sir, die Sache ist kein Scherz!» donnerte der Präsident, der so peinlich auf seine Würde bedacht war, daß er sie darüber zu wahren vergaß.

«Nein, wahrhaftig nicht!» stimmte Manasseh mitfühlend zu und kutschierte seinen Stuhl nach rechts, so daß er jetzt dem Präsidenten gegenübersaß; der fuhr stürmisch fort: «Seid Ihr Euch bewußt, Sir, welche Strafen Euch drohen, wenn Ihr auf diesem Kurs beharrt?»

«Ich habe keine Strafmaßnahmen zu fürchten», antwortete der Schnorrer ruhig.

«Ach wirklich! Ja, glaubt Ihr denn, jeder könnte straflos auf unseren altehrwürdigen Ascamot herumtrampeln?»

«Unsere altehrwürdigen Ascamot!» wiederholte Manasseh erstaunt. «Was haben die gegen die Heirat einer Sephardin mit einem Aschkenasi einzuwenden?»

Die Kühnheit der Frage raubte dem Rat die Sprache. Manasseh mußte sie selbst beantworten.

«Gar nichts haben sie dagegen einzuwenden.

Es gibt keine solche Bestimmung.» Einen Augenblick lang herrschte furchterregende Stille. Es war, als hätte er die Zehn Gebote geleugnet.

«Ihr stellt also den ersten Grundsatz unserer Verfassung in Frage?» sprach schließlich der Präsident in leisem, unheilvollem Ton. «Wollt Ihr leugnen, daß Euere Tochter eine Verräterin ist? Wollt Ihr...»

«Fragt Eueren Kanzler», unterbrach Manasseh ihn ruhig. «Er ist ein Erdenklotz, aber Euere Statuten dürfte er kennen. Er wird Euch bestätigen, daß meine Tochter nichts tut, was irgendwie verboten wäre.»

«Schweigt, Sir!» rief der Präsident gereizt. «Herr Kanzler, lest die Ascama vor!»

Der Kanzler wurde rot und blaß, während alle Augen in angstvoller Spannung an ihm hingen. Er wand sich wie ein Wurm, räusperte sich, hustete, nahm eine Prise und schneuzte sich umständlich, bis er schließlich stotterte: «Es g-g-gibt k-k-keine solche Ascama!» Manasseh aber saß schweigend, in bescheidenem Triumph da.

Der andere Ratsherr, jetzt zu seiner Rechten, brach als erster die fassungslose Stille und tat damit zum erstenmal den Mund auf.

«Natürlich wurde dieses Verbot niemals ausdrücklich schriftlich niedergelegt», sagte er mit strengem Tadel. «Es wurde nie in die Gesetzgebung aufgenommen, weil so ein Fall nicht als möglich erachtet wurde. Jeder rechtlich denkende Sephardi weiß das instinktiv. Wurde es uns etwa jemals gesetzlich verboten, Christen zu heiraten?»

Manasseh drehte einen halben Punkt bei und reckte seinen streitlustigen Zeigefinger dem neuen Opponenten entgegen. «Gewiß doch», antwortete er unerwarteterweise. «Abschnitt XX, Paragraph 2!» Er zitierte die Ascama auswendig, und die volltönenden portugiesischen Laute entströmten seinem Mund wie eine feierliche Anklage. «Wenn unsere Gesetzgeber beabsichtigt hätten, Mischehen mit der aschkenasischen Gemeinde zu verbieten, dann hätten sie es ausdrücklich getan», schloß er.

Der Kanzler hatte sich inzwischen gefaßt. «Neben dem geschriebenen Gesetz steht das mündlich überlieferte», sagte er. «So ist es in unserer heiligen Lehre, und so ist es auch in unserer Verfassung.»

«Ja, zweifellos gibt es Präzedenzfälle!» rief der Präsident eifrig.

«Da gibt es den Fall eines unserer Schatzmeister zur Zeit von König Georg II.», begann der kleine Kanzler, welcher unter der Sonne des präsidentiellen Wohlwollens sichtlich neu aufblühte, und nannte den Vorfahren einer bekannten Herzogin. «Er wollte eine schöne deutsche Jüdin heiraten...»

«Und wurde aus der Gemeinde ausgeschlossen!» rief der Präsident voreilig.

«Hm...» Der Kanzler hüstelte. «Er... Die Heirat wurde ihm nur unter sehr demütigenden Bedingungen gestattet. Den Ratsmitgliedern und den Kantoren wurde es untersagt, der Hochzeit beizuwohnen, in der *Snoga* fand keine Feier statt. Es durften keine Spenden für die Gesundheit des Bräutigams dargebracht werden, und der Bräutigam wurde nicht einmal zum Lesen des Gesetzesabschnitts aufgerufen.»

«Aber meinem Schwiegersohn wird man keine solchen Bedingungen auferlegen», sagte Manasseh, einen weiteren Stuhl umrudernd, um seinen Zeigefinger auf den obersten Gemeindeältesten loszulassen, an dessen linker Seite er jetzt auf seinem Streitzug angelangt war. «Erstens einmal gehört er nicht zu uns. Sein Wunsch, in unsere Gemeinde einzutreten, ist für uns schmeichelhaft. *Wenn* jemand die Überlieferung verletzt hat, ist es meine Tochter. Doch sie ist kein Mann, wie der soeben zitierte Schatzmeister. Sie spielt in der ganzen Sache keine aktive Rolle. Sie hat nichts unternommen, um einen Aschkenasi zu wählen - sie wurde gewählt. Männliche Präzedenzfälle können ihr nichts anhaben.»

«Aber Euch können wir etwas anhaben», sagte der Schatzmeister mit grimmigem Lachen. Er saß Manasseh gegenüber, neben dem Kanzler.

«Denkt Ihr etwa an Geldbußen?» fragte der Schnorrer mit einem spöttischen Blick rund um den Tisch. «Bitte sehr - büßt mich, falls Ihr Euch das leisten könnt. Ihr wißt, daß ich mich gänzlich dem Studium unserer Lehre widme und keine anderen Einkünfte habe, als was Ihr mir zukommen laßt. Falls Ihr Wert darauf legt, diese Buße zu zahlen, ist das Euere Sache. Ich freue mich immer, von Bußen zu hören - in der Armenkasse ist Platz genug. - Nein, Gentlemen, Sie müssen sich wohl oder übel mit dem Unvermeidlichen abfinden. Mußte ich es nicht auch? Es gibt keine Ascama, die verhindern könnte, daß mein Schwiegersohn aller herkömmlichen Privilegien teilhaftig wird. Tatsächlich kam ich her, um zu bitten, daß er am Sabbat vor seiner Hochzeit zum Lesen der Thora aufgerufen wird, wie es üblich ist. Nach Abschnitt III, Paragraph 1 seid Ihr berechtigt, jeden Mann, der im Begriff steht, die Tochter eines Jachid zu ehelichen, zum Gottesdienst zuzulassen.» Wieder ertönten die klangvollen portugiesischen Laute, und die Ratsherren erschauerten in Ehrfurcht vor den alten Gesetzen in einer unverständlichen Sprache. Es sollte noch ein Vierteljahrhundert vergehen, bis die Ascamot ins Englische übersetzt wurden, und von diesem Augenblick an war es um ihre Autorität geschehen.

Der Kanzler erholte sich als erster von dem Zitat. Der tägliche Umgang mit den heiligen Altertümern hatte ihn abgestumpft, und der ohnmächtige Ärger des Präsidenten spornte ihn zum Handeln an.

«Ihr seid aber kein Jachid», sagte er ruhig. «Laut Paragraph 5 des nämlichen Abschnitts ist einer, dessen Name auf der Almosenliste erscheint, ipso facto kein Jachid mehr.»

«Ein vortreffliches Gesetz!» rief Manasseh ironisch. «Jeder darf stimmen, nur der Schnorrer nicht!» Und den Einwand des Kanzlers nachdrücklich ignorierend, bemerkte er vertraulich zum Obersten der Gemeindeältesten, an dessen Seite er noch ankerte: «Sonderbar, wie wenige von den Gemeindeältesten begreifen, daß die Almosenempfänger die Stützen der Synagoge sind. Was hält Euere Gemeinde zusammen? Geldstrafen. Was sichert Euerer Verfassung die notwendige Achtung? Geldstrafen. Was veranlaßt jedermann, nur seine Pflicht zu tun? Geldstrafen. Was regiert sogar diesen Machamad selbst? Geldstrafen. Und es sind die Armen, die all diesem Geld einen Abfluß ermöglichen! Wahrhaftig, glaubt Ihr,

Euere Mitglieder würden einen Moment lang Euere Bußen akzeptieren, wenn sie nicht wüßten, daß all das Geld in verdienstvollen Taten angelegt wird? ‹Wohltun ist das Salz des Reichtums›, sagt der Talmud, und tatsächlich ist es das Salz, das Euere Gemeinde konserviert.»

«Schweigt, Mensch, schweigt!» brüllte der Präsident ohne alle Rücksicht auf die feierliche Atmosphäre des altehrwürdigen Ratssaales, der Manasseh sich nach Kräften anzupassen suchte. «Vergeßt Ihr, mit wem Ihr sprecht?»

«Mit dem Obersten der Ältesten», erwiderte Manasseh in gekränktem Ton. «Doch wenn Ihr wünscht, daß ich mich lieber an Euch wende...» Und er umsegelte das Haupt des Ältesten und landete seinen Stuhl neben dem des Präsidenten.

«Ruhe, Kerl!» donnerte der Präsident, welcher krampfhaft vor seiner vertraulichen Berührung zurückzuckte. «Ihr habt überhaupt kein Recht zu reden. Wie der Kanzler uns soeben in Erinnerung gerufen hat, seid Ihr nicht einmal ein Jachid, ein Gemeindemitglied!»

«Dann gelten auch Euere Gesetze nicht für mich», versetzte der Schnorrer ruhig. «Nur der Jachid ist verpflichtet, dies zu tun oder jenes zu lassen. Der Schnorrer wird in keiner Ascama erwähnt. Ihr habt keine Amtsgewalt über ihn.»

«Im Gegenteil», rief der Kanzler, da er den Präsidenten wieder in Verlegenheit sah. «Er ist ausdrücklich verpflichtet, am täglichen Gottesdienst teilzunehmen. Aber das tut dieser Mensch kaum jemals, Sir.»

«*Niemals* tue ich es», verbesserte Manasseh mit ergreifender Wehmut. «Das ist ein weiteres Vorrecht, auf das ich Eueren Almosen zuliebe verzichten muß. Ich darf es nicht wagen, im Licht eines Söldners vor meinem Schöpfer zu erscheinen.»

«Und was hindert Euch daran, die Friedhofswache zu übernehmen, wenn Ihr an der Reihe seid?» fragte der Kanzler ironisch.

Jetzt standen die Gegner beinahe Nase an Nase, rechts und links vom Präsidenten, der zwischen den beiden wild herumfuchtelnden, schreienden Gestalten eingezwängt war. Sein Teint wurde mit jedem Moment schwärzlicher, und seine Finger arbeiteten nervös.

«Was mich hindert?» rief Manasseh. «Mein Alter! Es wäre eine Sünde gegen den Himmel, wollte ich eine Nacht auf dem Friedhof verbringen. Wenn die Leichenräuber kämen, hätten sie gleich eine Leiche im Wachturm bei der Hand. Doch ich drücke mich nicht von meiner Pflicht, zahle immer für einen Ersatzmann.»

«Zweifellos!» warf der Schatzmeister ein. «Ich erinnere mich, daß Ihr öfter um Geld bittet, um einen alten Mann vor dem Friedhof zu bewahren. Jetzt verstehe ich, wie das gemeint ist!»

«Ja», begannen zwei andere gleichzeitig, «und ich...»

«Ordnung, Gentlemen, ich bitte um Ordnung!» rief der Präsident verzweifelt, denn der Nachmittag entschwand, die Sonne ging unter, und die Dämmerung senkte sich herab. «Es hat keinen Sinn, mit dem Menschen zu streiten. Und Ihr, mein Bester, hört mich an: Wir weigern uns, diese Heirat zu billigen. Sie wird nicht in unserer Synagoge stattfinden, und wir denken nicht daran, Eueren Schwiegersohn als Jachid in unsere Gemeinde aufzunehmen.»

«Dann nehmt ihn in die Almosenliste auf», sagte Manasseh.

«Es ist wahrscheinlicher, daß wir *Euch* daraus streichen!» rief der Präsident, mit der ganzen Faust auf den Tisch hämmernd. «Wenn Ihr diesem Skandal nicht augenblicklich ein Ende macht, sollt Ihr uns kennenlernen! Ihr werdet noch um Gnade winseln!»

«Droht Ihr etwa mit der Exkommunikation?» rief Manasseh aufspringend. In seinen Augen blitzte es bedrohlich.

«Dieser Skandal muß aufhören!» schrie der Präsident erregt und sprang unwillkürlich ebenfalls auf.

«Diesem Skandal könnte jedes Mitglied des Machamad im Handumdrehen ein Ende machen», sagte Manasseh verdrießlich. «Ihr selber, wenn Ihr nur bereit wäret...»

«Wenn ich nur bereit wäre?» echote der Präsident fragend.

«Wenn Ihr nur bereit wäret, meine Tochter zu nehmen. Seid Ihr nicht Junggeselle? Sie könnte wahrlich keinen der anwesenden Herren abweisen - den Kanzler ausgenommen. Aber tatsächlich ist niemand bereit, die Gemeinde vor diesem Skandal zu bewahren, und darum muß meine Tochter heiraten, so gut sie kann. Dabei ist sie ein schönes Mädchen und würde nicht einmal einem Haus in Hackney Schande machen.»

Manasseh sprach so ernsthaft, daß der Präsident nur noch wütender wurde. «Soll sie ihren Polnischen nehmen!» brüllte er. «Und Ihr sollt in Leben und Tod von uns abgeschnitten sein! Lebend sollt Ihr außerhalb unserer Mauern beten, und tot sollt Ihr ‹hinter den Brettern› begraben sein!»

«Für den Armen - die Exkommunikation», sagte Manasseh düster zu sich selbst. «Für den Reichen - das Recht, nach seiner Wahl zu heiraten.»

«Hinaus, Bursche!» schäumte der Präsident. «Du hast unser Urteil gehört!»

Doch Manasseh wankte nicht.

«Und Ihr sollt meines hören», sagte er mit einer Ruhe, die um so eindrucksvoller von der Wut des Präsidenten abstach. «Vergeßt nicht, Herr Präsident, daß wir beide der gleichen Bruderschaft angehören. Vergeßt nicht, daß die Macht, die Euch erhöht hat, Euch bei der nächsten Wahl absetzen kann. Vergeßt nicht, daß ich zwar keine Stimme, aber großen Einfluß besitze; daß es keinen Jachid gibt, den ich nicht mindestens jede Woche besuche; daß es keinen Schnorrer gibt, der mir nicht in die Verbannung folgen würde. Vergeßt nicht, daß es eine andere Gemeinde gibt, der ich mich zuwenden kann – ja, eben die aschkenasische Gemeinde, die Ihr verachtet! –, mit deren Schatzmeister ich soeben noch gesprochen habe; eine Gemeinde, die täglich an Größe und Reichtum zunimmt, während Ihr in Euerer Trägheit schlaft!» Seine hohe Gestalt beherrschte das Zimmer, sein Haupt schien die Decke zu berühren. Die Ratsherren saßen ganz betäubt da, wie mitten im Gewitter.

«Frechheit! Lästerer! Abtrünniger!» Der Präsident erstickte schier vor Wut. Da er schon auf den Füßen stand, stürzte er zum Klingelzug hin und riß wie verrückt daran. Der Kanzler erbleichte.

«Ich werde dieses Zimmer nicht früher verlassen, als es mir paßt», erklärte Manasseh, während er sich in den nächsten Stuhl sinken ließ und gleichmütig die Arme verschränkte.

Ein Schrei des Entsetzens und der Bestürzung erklang aus jeder Kehle, die Gemeindemitglieder sprangen alle drohend auf wie ein Mann, und Manasseh merkte endlich, daß er auf dem geheiligten Armstuhl des Präsidenten thronte!

Doch er wich und wankte nicht.

«Bitte, bleiben Sie doch sitzen, Gentlemen», sagte er ruhig.

Der Präsident, der sich bei der allgemeinen Bewegung umgedreht hatte, taumelte beim Anblick des Schnorrers zurück und mußte sich am Kaminsims festhalten. Die Ratsherren standen wie gebannt da, während der Kanzler wild um sich blickte, als erwartete er, daß die goldenen Namen aus ihren Tafeln herausspringen würden. Der Diener, der voller Schrecken über das heftige Geklingel hereinstürzte, richtete den Blick instinktiv auf den Thron, von dem die Befehle ausgehen würden – worauf er noch auf der Schwelle zu Stein wurde und sprachlos auf Manasseh starrte, während der Präsident, japsend wie ein Fisch auf dem Trockenen, sich vergeblich bemühte, den Befehl zum Hinauswerfen des Schnorrers herauszubringen.

«Starrt *mich* nicht an, Gomez!» rief Manasseh gebieterisch. «Seht Ihr nicht, daß der Präsident ein Glas Wasser braucht?»

Der Diener warf einen Blick auf den Präsidenten, erfaßte seinen Zustand und lief hinaus, um Wasser zu holen.

Das war der letzte Schlag. Der arme Präsident geriet außer sich, als er sah, daß man sich seine Autorität ebenso widerrechtlich aneignete wie seinen Thron. Ein paar Sekunden lang suchte er sich einen Fluch abzuringen, der sowohl seinen unfähigen Amtskollegen wie auch dem frechen Bettler gelten sollte, doch er brachte nur einen heiseren Schrei zustande und wankte seitwärts. Manasseh sprang hinzu und fing den Fallenden in seinen Armen auf. Einen schrecklichen Moment lang hielt er ihn aufrecht, während rings um ihn die atemlose Stille nur von zusammenhanglosem Gemurmel gebrochen wurde. Dann rief er zornig: «Los, Gentlemen! Sehen Sie nicht, daß der Präsident krank ist?» Er schleppte den schweren Mann zum Tisch hinüber, bettete ihn mit Hilfe der schreckgelähmten Ratsherren flach darauf und riß das rüschenbesetzte Hemd auf. Mit einer fast boshaften Bewegung wischte er das Protokollbuch zu Boden, um Platz für den Präsidenten zu machen.

Der Diener kam mit einem Glas Wasser zurück. Um ein Haar hätte er es fallen gelassen.

«Lauft, holt einen Arzt!» befahl Manasseh. Während er das Wasser nachlässig in die Richtung des Kanzlers ausschüttete, fragte er, ob nicht einer der Herren Brandy bei sich hätte. Keiner meldete sich.

«Los doch, Herr Kanzler! Rückt nur mit Euerem Fläschchen heraus!» rief er. Und der Beamte gehorchte beschämt.

«Hat einer der Herren seine Equipage draußen?» lautete die nächste Frage.

Keiner hatte seinen Wagen, somit schickte Manasseh den Obersten der Gemeindeältesten nach einer Sänfte aus. Dann gab es nichts weiter zu tun, als auf den Arzt zu warten.

«Sie sehen, meine Herren, wie ungewiß die irdische Macht ist», sprach der Schnorrer feierlich, während der Präsident, der röchelnd dalag, nichts von seiner erhebenden Moralpredigt profitieren konnte. «Sie ist im Augenblick ebenso dahin, wie Lissabon vom Erdboden verschluckt wurde. Verflucht ist, wer die Armen mißachtet. So bewahrheitet sich das Wort unserer Weisen: ‹Das Haus, das sich dem Armen verschließt, öffnet sich dem Arzt.›»

Seine Augen leuchteten in dem dämmrigen Raum mit schier überirdischem Glanz.

Die Versammlung bebte unter seinen strengen Worten wie Schilf im Winde, wie schuldbeladene Könige vor furchtlosen Propheten.

Als der Arzt kam, erklärte er, der Präsident hätte einen leichten Schlagfluß erlitten, der eine vorübergehende Lähmung der rechten Hand bewirkte. Der Patient, der inzwischen wieder zu Bewußtsein gekommen war, wurde in der Sänfte nach Hause befördert, und die Versammlung löste sich in völliger Verwirrung auf. Manasseh verließ als letzter den Ratssaal und drehte mit einer rachsüchtigen Bewegung den Schlüssel im Schloß um. Dann versenkte er die Hand in die Tasche seines Beinkleids und holte ein Kronenstück hervor, das er dem Diener mit den jovialen Worten reichte: «Ihr sollt doch nicht um Euer übliches Trinkgeld kommen.»

Der Diener war in tiefster Seele gerührt und murmelte in einem Anfall unwiderstehlicher Ehrlichkeit: «Der Präsident gibt mir jeweils nur eine halbe Krone!»

«Nun ja, aber vielleicht wird er nicht imstande sein, der nächsten Sitzung beizuwohnen», sagte Manasseh. «Und ich könnte ebenfalls verhindert sein.»

6. Kapitel
In welchem berichtet wird, wie der König die Synagoge bereicherte.

Die Synagoge «Zu den Himmelstoren» war gedrängt voll. Gemeindemitglieder, Waisenknaben, Schnorrer, alle waren sie zum Sabbatgottesdienst versammelt. Bloß der Präsident des Machamad fehlte. Er war durch die Folgen seines Schlaganfalls noch etwas behindert und hielt es für klüger, seine Gebete zu Hause zu verrichten. Der Rat der Fünf war seit seiner Auflösung durch Manasseh nicht mehr zusammengetreten, und so hing die Angelegenheit seiner Tochter noch in der Schwebe, was für die von den sephardischen Körperschaften behandelten Angelegenheiten tatsächlich keine seltene Lage war. Da sich die oberste Behörde dermaßen passiv verhielt, fand Manasseh es nicht schwer, die niedrigeren Beamten, denen verfassungsmäßige Präzedenzfälle weniger geläufig waren als ihm selber, seinem Willen gefügig zu machen. Seine Tochter sollte unter dem sephardischen Trauhimmel heiraten und dem Bräutigam kein Jota der synagogalen Ehren abgeknapst werden. An diesem Sabbat, dem letzten vor der Hochzeit, sollte Jankele zum Lesen der Thora aufgerufen werden wie jeder echte Portugiese. Bei seinem ersten Auftreten in der Synagoge seines Schwiegervaters erfüllte ihn ein Gefühl feierlicher Ehrfurcht, das nicht gerade Manassehs prahlerischen Vergleichen mit der Großartigkeit des alten Tempels zu danken war. Er war unbeschwert durch den Hof geschritten, denn nach früheren Erfahrungen mit dem Vater seiner Zukünftigen war er halb und halb darauf gefaßt, die verheißene Pracht nicht vorzufinden. Nun überwältigte sie ihn tatsächlich, und er war froh, daß er seinen besten Staat angelegt hatte. Sein Pelzhut, im Verein mit den grünen Hosen und dem braunen Frack, machte ihn den massiven Pfeilern, dem strahlenden Kronleuchter und dem imposanten Dach ebenbürtig. Da Costa seinerseits hatte nicht das geringste an seinem Anzug geändert; er verlieh seinen schäbigen Kleidern Würde, erfüllte sie mit königlicher Männlichkeit und trug sein tabakfarbenes Übergewand so stolz wie einen Purpurmantel. Fürwahr, seine Tracht hatte etwas Amtliches an sich, und den Andächtigen war sie so vertraut wie die schwarzweiß gestreifte Stola des Kantors. Es schien nur natürlich, daß er als erster zum Lesen des Tagesabschnitts aufgerufen wurde, ganz abgesehen davon, daß er ein *Cohen* war, ein Sproß aus dem Geschlecht des Hohepriesters Aaron, was vielleicht zu seiner stolzen Haltung beitrug.

Als der Kantor mit kraftvoller Stimme einsetzte: «Der gute Name, Manasseh, der Sohn des Juda, der Priester, der Mann, erhebe sich, um das Gesetz zu lesen!» – da wandte sich jedes Auge mit neuem Interesse dem zukünftigen Schwiegervater zu. Manasseh erhob sich gelassen, rückte den Gebetschal, der von seiner Schulter zu gleiten drohte, mit einem Achselzucken zurecht und schritt zum Lesepult, wo er die Segenssprüche mit bravourösen Variationen absang. Während sein Abschnitt der Heiligen Schrift gelesen wurde, stand er zur Rechten des Geistlichen. Man sah unter den Andächtigen manche stattliche Gestalt, doch keine, die sich auf diesem Platz besser ausnahm. Es war ein schöner Anblick, wie er der Thorarolle seine Ehrerbietung erwies; es erinnerte an die Begegnung von zwei Herrschern. Der große Moment aber kam, als nach Beendigung des Abschnitts der Vorbeter Manassehs Spenden für den Tempel verkündete. Die Nennung der Geldsumme war in einen langen Segensspruch eingebettet, wie man eine Münze in Papier wikkelt. Es war immer ein wichtiger Augenblick, auch wenn es um unbedeutende Persönlichkeiten ging, denn die Freigebigkeit jedes Gemeindemitglieds bildete stets den Gegenstand von vorherigen Spekulationen und nachträglichen Kommentaren. Allgemein glaubte man, daß Manasseh, obzwar er nur ein Schnorrer war, sich der Situation würdig zeigen und sich bis zu einer Summe von siebeneinhalb Shilling aufschwingen würde. Die Gewitzteren vermuteten, er würde diesen Betrag in zwei oder drei verschiedene Spenden aufspalten, um den Eindruck unerschöpflicher Großzügigkeit zu erwecken.

Die Gewitzteren behielten, wie es so üblich ist, recht und unrecht zugleich.

Der Vorbeter begann mit seinem «Möge Er, der unsere Väter segnete» und las die altertümliche Formel bis zu der Zeile, die der hebräische Text für den einzusetzenden Betrag freiläßt. Er zog das vorangehende «Welcher spendet...» dramatisch in die Länge, so daß der letzte Ton, wie die Schwingung einer Stimmgabel, wörtlich auf der höchsten Höhe der Spannung vibrierte. Diese sensationsträchtige Pause rührte daher, daß er den Betrag vergaß oder in elfter Stunde Unterstützung forderte, und es kam oft vor, daß die Geizigen, unter dem Druck der knapp bevorstehenden öffentlichen Beurteilung, in panischer Angst ihre Beiträge unverhältnismäßig erhöhten.

«Welcher spendet...» Die Gemeinde hing

an den Lippen des Vorbeters. Er neigte sein Ohr mit der gewohnten fragenden Gebärde zu Manassehs Lippen hinab, doch auf seinem Gesicht erschien ein ungewohnt verdutzter Ausdruck, und diejenigen, die der Plattform am nächsten saßen, bemerkten, daß sich ein kleines Zwiegespräch zwischen dem Schnorrer und dem Vorbeter entspann, wobei der letztere verwirrt und aufgeregt, der erstere aber unerschütterlich würdevoll erschien. Die Verzögerung hatte den Vorbeter nicht minder aus der Fassung gebracht, als sie die Neugier der Gemeinde anstachelte.

Er begann aufs neue: «Welcher spendet – *cinco livras…*» und fuhr nun geläufig fort: «Zu wohltätigen Zwecken – für das Leben von Jankow ben Jitzchock, seinem Schwiegersohn…», etc., etc. Doch nur wenige Andächtige hörten mehr als das *cinco livras* – fünf Pfund! Ein Schauer der Erregung lief durch das ganze Gebäude. Die Männer spitzten die Ohren und tuschelten ungläubig miteinander. Einer verließ seinen Sitz und begab sich zu der Bank, in welcher der Oberste der Gemeindeältesten saß, der höchste anwesende Würdenträger in Abwesenheit des Präsidenten des Machamad.

«Ich habe nicht richtig gehört – wieviel war es?» fragte er.

«Fünf Pfund», erwiderte das Haupt der Gemeinde kurz. Der Beitrag des Bettlers dünkte ihn eine freche Ironie.

Der Segensspruch war zu Ende, doch bevor die Hörer noch Zeit fanden, sich dessen bewußt zu werden, hatte der Vorbeter einen neuen angestimmt. «Möge Er, der unsere Väter segnete...», begann er in dem seltsamen, herkömmlichen Sprechgesang. Wieder schwoll die Woge der Neugier an, noch höher als zuvor.

«Welcher spendet...»

Die Woge verharrte einen Moment unbeweglich im Raum.

«*Cinco livras*!»

Die Woge barst mit leise rauschendem Gemurmel, während der Vorbeter unerschütterlich fortfuhr: «Öl für den Tempel – für das Leben seiner Tochter Deborah...» Als er geendet hatte, herrschte eine geradezu beängstigende Stille.

Kam noch ein da capo?

«Möge Er, der unsere Väter segnete...»

Wieder erhob sich die Woge der Neugier, schwoll höher und höher an und verebbte im Rhythmus des finanziell so aufschlußreichen Segensspruchs: «Welcher spendet... *Cinco livras* – für Wachskerzen im Tempel.»

Diesmal schwoll das Zittern, Tuscheln und Zappeln zu einem lauten Gesumm an. Die Blicke der gesamten Gemeinde waren auf den

Schnorrer gerichtet, der in seiner Glorie unbewegt dastand. Sogar die Waisenknaben in der hintersten Bank unterbrachen ihre Unaufmerksamkeit für alles, was Gottesdienst hieß, und reckten sich die Hälse nach dem Podium aus. Die größten Finanzmagnaten warfen nicht so mit Fünfpfundnoten herum! Oben auf der Damengalerie herrschte gewaltige Aufregung. Die Insassinnen spähten begierig durch das Gitter. Eine von ihnen - eine üppige Dame von etwa vierzig Sommern, reich gekleidet und mit Juwelen behangen - war aufgesprungen und winkte krampfhaft über die hölzerne Balustrade. Die Straußenfeder auf ihrem Hut wehte wie ein Notsignal. Es war Manassehs Eheliebste. All das hinausgeworfene Geld machte sie rasend, jede neue Spende traf sie wie ein vergifteter Pfeil. Vergeblich suchte sie den Blick ihres Gatten zu erhaschen. Die Luft rings um sie schien von Roben und Toques und Krinolinen erfüllt, die vor ihrer Nase in Flammen aufgingen, ohne daß sie imstande war, einen Finger zu rühren. Mit jedem neuen Segensspruch verschwanden komplette Garderoben ins Nichts. Nur mit der größten Schwierigkeit hielt sie sich davon zurück, zu ihrem verschwenderischen Herrn und Gebieter hinunterzuschreien. Die strahlende Deborah an ihrer Seite suchte sie vergeblich mit der Versicherung zu beruhigen, daß Manasseh ja gar nicht daran dächte, das ganze Zeug zu bezahlen.

«Welcher spendet...» Zum viertenmal begann der Segensspruch!

«*Cinco livras* - für das Heilige Land...» Die Sensation wurde größer. «Für das Leben dieser frommen Gemeinde...», etc., etc.

Die Stimme des Vorbeters dröhnte leidenschaftslos endlos weiter.

Der vierte Segensspruch ging seinem Ende zu, als man den Tempeldiener das Podium ersteigen und dem Vorbeter etwas ins Ohr flüstern sah. Nur Manasseh vernahm, was er ihm ausrichtete.

«Der Älteste läßt Euch sagen, Ihr müßt aufhören. Dies ist reiner Hohn. Der Mann ist ein Schnorrer, ein unverschämter Bettler.»

Der Diener verließ das Podium, und nach einer kurzen, unhörbaren Auseinandersetzung mit da Costa erhob der Vorbeter aufs neue seine Stimme.

Der Älteste runzelte die Stirn und zerknüllte zornig seinen Gebetschal. Ein fünfter Segensspruch! Der Singsang des Vorbeters ging weiter, denn Manassehs Zorn war ihm näher als der des großen Mannes.

«Welcher spendet... *Cinco livras* - für die Gefangenen. Für das lange Leben des Gemeindeältesten...»

Eine zartsinnige Rache! Der Gemeindeälteste biß sich wütend auf die Lippen. Was ihn zum Rasen brachte, war die böse Ahnung, daß die Gemeinde seine Botschaft an den Vorbeter als eine Bitte um diese liebenswürdige Aufmerksamkeit deuten würde, denn unter den reichen Gemeindemitgliedern herrschte die angenehme Sitte, einander solche Höflichkeiten zu erweisen. Und nun floß der Strom der Spenden endlos weiter und hielt die Hörer in fieberhafter Spannung. Sogar die Waisenknaben vergaßen, daß durch diese Verlängerung des Gottesdienstes ihr ungeduldig ersehntes Frühstück auf unbestimmte Zeit verzögert wurde. Jeder Aufseher, Würdenträger und Beamter, vom Präsidenten des Machamad bis hinunter zum Bademeister, wurde mit einem besonderen Segenswunsch namentlich geehrt. Die meisten von Manassehs wöchentlichen Gönnern erhielten bei diesem einzigartigen festlichen Anlaß beinahe ihr Geld zurück. Fast alle Gemeindemitglieder behielten den gesamten Betrag im Auge, der wuchs und wuchs und wuchs…

Doch plötzlich gab es einen Tumult auf der Frauengalerie, Schreie, aufgeregtes Stimmengewirr. Der Diener eilte hinauf, um Ordnung zu schaffen. Bald zirkulierte das Gerücht, Mrs. da Costa sei in Ohnmacht gefallen und hinausgetragen worden. Es erreichte auch Manassehs

Ohr, doch er rührte sich nicht. Er stand auf seinem Platz, ohne zu wanken und zu schwanken, und spendete.

«Welcher spendet… *Cinco livras* – für das Leben seines Eheweibes Sarah!» Und ein leises sarkastisches Lächeln flog über das Antlitz des Schnorrers.

Die älteren Gemeindemitglieder fragten sich gespannt, ob der Rekord gebrochen werden würde. Manassehs Segnungen näherten sich aufs erregendste der bisher höchsten Summe, welche je von einem einzigen Mann zu einem einzigen Anlaß gespendet worden war. Jedes Gemüt war von phantastischen Mutmaßungen erschüttert. Der ohnmächtig schäumende Oberste der Gemeindeältesten war nicht der einzige, dem das Ganze als lästerlicher Hohn erschien. Doch die meisten nahmen an, der Schnorrer wäre zu Geld gekommen oder hätte immer welches besessen und nähme nun diese Gelegenheit wahr, um der Synagoge zurückzuerstatten, was er von ihr erhalten hatte. Indessen sprudelte der Quell der Wohltätigkeit munter fort.

Die Rekordziffer wurde erreicht und übertroffen. Dem armen Vorbeter war geradezu übel von der endlos wiederholten Formel (die ebensogut sämtliche Spenden auf einmal hätte decken können, aber Manasseh hatte jeden neuen Segensspruch bestellt, als wäre ihm nachträglich noch etwas eingefallen). Als Manasseh endlich seinen Platz dem nächsten Leviten abtrat, hatte er die Synagoge um hundert Pfund bereichert! Der letzte Segensspruch hatte dem ärmsten anwesenden Schnorrer gegolten – eine Anerkennung und Verherrlichung von Manassehs eigenem Stand, der Schlußstein, der dieses sensationelle Gedenkzeichen der königlichen Hochzeit würdig krönte. Das Ganze war ein Beispiel wahrhaft fürstlicher Großzügigkeit, von souveräner Huld. Ja, noch bevor der Gottesdienst zu Ende ging, erbat sich Manasseh vom Gemeindeältesten die Erlaubnis, eine besondere *Rogation* oder Fürbitte für einen Kranken sprechen zu lassen. Der Älteste nützte diese Gelegenheit auf die kleinlichste Art zu Repressalien aus und lehnte ab – bis er erfuhr, daß Manasseh niemanden anderen im Auge gehabt hatte als den leidenden Präsidenten des Machamad. Da brach er schmählich zusammen.

Doch der wahre Held des Tages war Jankele, der zwar hauptsächlich im reflektierten Licht, aber immerhin noch heller leuchtete als der Spanier, denn er strahlte im doppelten Glanz des Bräutigams und des Fremden und war Ursache und Mittelpunkt der ganzen Sensation.

Seine Augen zwinkerten unaufhörlich.

Am nächsten Tag machte sich Manasseh auf, um die hundert Pfund einzutreiben!

Da es Sonntag war, durfte er erwarten, die meisten seiner Klienten zu Hause zu finden. Er nahm sich Grobstock, welcher am nächsten wohnte, als ersten vor, doch der würdige Spekulant sowie Ostindiendirektor erspähte ihn rechtzeitig aus dem Fenster und entfloh durch die Hintertür - eine weise Maßnahme in Anbetracht dessen, daß der ungläubige Manasseh das ganze Haus nach ihm durchstöberte. Manassehs Art kam einem Durchsuchungsbefehl gleich.

Um sich zu trösten, stattete der König seinen nächsten Besuch einem Mann ab, der ihm unmöglich entkommen konnte - nämlich dem Präsidenten des Machamad, der in einsamer Pracht im Devonshire Square lebte. Manasseh drang kühn in die Bibliothek ein, wo der Rekonvaleszent über seiner Kupferstichsammlung saß. Er hatte sich als «ein Herr in Angelegenheiten der Synagoge» anmelden lassen, und der gemeinsinnige Präsident wollte einen solchen Besucher nicht abweisen. Als er aber Manasseh erkannte, verzerrten sich seine verquollenen Züge, sein Atem ging keuchend, und er preßte die Hand aufs Herz.

«Ihr!» rief er.

«Schont Euch, mein lieber Sir! Ich bitte,

tragt Sorge zu Euch!» rief Manasseh besorgt, während er sich rasch zu ihm setzte. «Ihr seid noch schwach, darum will ich gleich zur Sache kommen. Um keinen Preis möchte ich einem Mann lästig fallen, der seiner Gemeinde unentbehrlich ist - und der schon einmal die Hand des Allmächtigen gespürt hat, als er dem Armen gegenüber hart war...»

Er sah, daß seine Worte ihre Wirkung nicht verfehlten, denn jene wohlbemittelten Stützen der Synagoge waren im Fall einer Heimsuchung mächtig abergläubisch, und so fuhr er in milderem Ton fort: «Um zur Sache zu kommen - es ist meine traurige Pflicht, Euch zu informieren (denn ich bin der einzige, der es mit Bestimmtheit weiß), daß die Synagoge in Euerer Abwesenheit eine zweifelhafte Forderung eingegangen ist.»

«Eine zweifelhafte Forderung!» In den Augen des Präsidenten blitzte es zornig auf. Es war von alters her üblich, den Gemeindemitgliedern Anleihen aus den Fonds der Synagoge zu gewähren, und der Präsident hatte sich stets gegen diese Politik ausgesprochen. «Wenn ich dabeigewesen wäre, wäre das nicht geschehen!» rief er aus.

«Nein, Ihr hättet sofort einen Riegel vorgeschoben. Der Oberste der Ältesten hat es probiert, aber erfolglos.»

«Der Strohkopf!» rief der Präsident. «Ein Mann ohne Rückgrat. Wieviel ist es?»

«Einhundert Pfund.»

«Einhundert Pfund!» rief der Präsident, ernsthaft bestürzt über diesen Fleck auf seinem Amtsjahr. «Und wer ist der Schuldner?»

«Der bin ich.»

«Ihr? Ihr habt Euch hundert Pfund ausgeborgt? Eine Unverschämtheit!»

«Nehmt Euch in acht, Sir! Was erlaubt Ihr Euch? Ich würde dieses Haus unverzüglich verlassen, wenn ich nicht gezwungen wäre, eine Entschuldigung von Euch zu fordern! Nie im Leben habe ich hundert Pfund ausgeborgt – keinen Pfennig habe ich je ausgeborgt! Ich bin kein Borger. Wenn Ihr ein Gentleman seid, entschuldigt Euch!»

«Es tut mir leid, wenn ich Euch falsch verstanden habe», murmelte der arme Präsident. «Aber wieso seid Ihr dann das Geld schuldig?»

«Ist das so schwer zu begreifen?» rief Manasseh ungeduldig. «Ich habe es der Synagoge gespendet.»

Der Präsident starrte ihn mit offenem Mund an.

«Gestern. Meine Tochter heiratet. Anläßlich ihrer bevorstehenden Hochzeit habe ich Geld gespendet.»

Dem offenen Mund entrang sich ein Seufzer der Erleichterung. Der Präsident schien sogar leicht belustigt zu sein.

«Ist das alles? Das war wieder einmal Euere verflixte Großtuerei, aber wenigstens erleidet die Synagoge keinen Verlust. Es ändert sich nichts.»

«Was soll das heißen?» fragte Manasseh streng. «Wollt Ihr damit sagen, ich müßte das Geld nicht bezahlen?»

«Wie wolltet Ihr das anfangen? Es ist Euch ja unmöglich.»

«Wie ich das anfange? Ich wende mich an Euch und an andere Leute in ähnlichen Verhältnissen, damit sie es für mich bezahlen.»

«Unsinn!» Der Präsident begann wieder ärgerlich zu werden. «Ihr bezahlt einfach nicht, und wir lassen die Sache auf sich beruhen. Es ist ja niemand zu Schaden gekommen.»

«Und das ist der Präsident des Machamad!» rief der Schnorrer in bitterem Staunen. «Das ist das Haupt unseres alten, gottesfürchtigen Rates! Was, Sir! Achtet Ihr ein in der Synagoge abgelegtes Gelöbnis für nichts? Mutet Ihr mir zu, mein feierlich beschworenes Wort zu brechen? Wünscht Ihr die Satzungen der Synagoge der Verachtung preiszugeben? Wagt Ihr, ein vom Himmel bereits gezeichneter Mann, noch einmal seinen Zorn herauszufordern?»

Der Präsident war ganz blaß geworden. Ihm schwindelte.

«Nein, Sir, Ihr müßt seine Verzeihung erbitten», fuhr der König erbarmungslos fort, «und zum Zeichen Euerer Reue für meine Schuld gutstehen, wie ja geschrieben steht: ‹Reue und Gebet und *Wohltun* wenden das Verderben ab.›»

«Keinen Penny!» rief der Präsident mit einem letzten Rest von Geistesklarheit und marschierte wütend zum Klingelzug. Da überkam ihn plötzlich die Erinnerung an eine ähnliche Szene im Ratssaal, und er blieb stehen.

«Ihr müßt Euch nicht erst zu läuten bemühen, der Schlag wird Euch auch so treffen», sagte Manasseh grimmig. «So soll also die Synagoge entweiht werden! So soll sogar die Bitte um Genesung des Präsidenten, die ich in all meiner Loyalität und Versöhnlichkeit verlesen ließ, für nichts gelten - für einen Hohn im Angesicht des Allmächtigen, gepriesen sei Er!»

Der Präsident sank taumelnd in seinen Lehnstuhl.

«Wieviel habt Ihr wegen mir gespendet?»

«Fünf Pfund.»

Der Präsident zog hastig seine Brieftasche und entnahm ihr eine neue Banknote.

«Gebt das dem Kanzler!» hauchte er erschöpft.

«Ich bin bestraft», sprach Manasseh bekümmert, während er den Geldschein in seinem Gewand versorgte. «Ich hätte zehn für Euere Gesundheit spenden sollen.» Damit verneigte er sich würdevoll und ging.

In ähnlicher Weise kassierte er an diesem Tag seine Spenden bei anderen sephardischen Größen ein. Er erklärte ihnen, da jetzt ein fremdländischer Jude (nämlich Jankele) in ihre Gemeinde aufgenommen sei, obläge es ihnen, sich von der besten Seite zu zeigen. Welch schlechten Eindruck würde es auf den Aschkenasi machen, wenn er einen Sephardi straflos falsche Gelübde ablegen sähe! Auf den ersten Eindruck käme es an, sie könnten nicht achtsam genug sein. Wenn nun Jankele unter seinesgleichen abfällige Gerüchte über sie verbreitete! Jenen, die ihm Verschwendung vorwarfen, erwiderte er, er hätte nur eine Tochter. Auch wies er darauf hin, wie günstig sich sein Beispiel auf die Sabbateinkünfte ausgewirkt hätte: keiner, der nach ihm aufgerufen wurde, hatte gewagt, gemeine Shillinge zu spenden. Er hätte, zumindest für jenen Tag, den Goldstandard eingeführt, und wer konnte wissen, welch edlen Wetteifer er für die Zukunft angefeuert hätte?

Ein jeder, der von Manassehs Beredsamkeit überrollt wurde, bildete eine Sprosse, um zum nächsten zu gelangen, denn Manasseh hatte eine Liste der Spender aufgestellt und hielt sie jenen, die noch nichts gegeben hatten, vorwurfsvoll vor die Augen. Dabei stieß er in manchen Fällen auf den obstinatesten Widerstand. Ein Gemeindemitglied, ein gewisser Rodriques, der ein prächtiges Haus in Finsbury Circus bewohnte, behandelte ihn ausgesprochen grob.

«Wenn ich in einer Equipage vorgefahren käme, würdet Ihr rasch genug Euere Zehnpfundnote für die Synagoge aus der Tasche ziehen!» höhnte Manasseh, der innerlich vor Zorn kochte.

«Zweifellos!» stimmte Rodriques lachend zu, und Manasseh schüttelte den Staub dieser Schwelle verachtungsvoll von den Füßen.

Auf Grund solcher Rückschläge kassierte er am ersten Tag nicht mehr als etwa dreißig Pfund ein, darunter ein paar abgewertete portugiesische Wertpapiere, die er entgegenkommenderweise al pari akzeptierte.

Die Kleinlichkeit der Menschen widerte ihn an, und so verlegte sich sein Genie auf drastischere Maßnahmen. Nachdem er den Ertrag seiner sonntäglichen Operationen sowie sein übriges Bargeld sorgsam in seinen Kassenschrank eingeschlossen hatte – denn um nicht unversehens Geld auszugeben, pflegte er keines auf sich zu tragen, außer er nahm unterwegs etwas ein –, machte er sich auf den Weg nach Bishopsgate Within, um die Postkutsche nach Clapton zu erreichen. Es war ein strahlend schöner Tag, und er summte einen frommen Festgesang vor sich hin, während er, auf seinen Stock gestützt, gemächlich über die schmalen, von Menschen wimmelnden Bürgersteige wandelte, die auf der einen Seite von den Handwagen der Gemüsehökerinnen und auf der anderen von verwinkelten, mit grotesken Schildern prangenden Häuschen gesäumt waren.

Beim Gasthaus angelangt, stellte er fest, daß die Kutsche schon abgefahren war. Mit hochnäsiger Miene bestellte er eine Postchaise, deren Pferde er recht überheblich kritisierte, und fuhr, von zwei flinken Rössern gezogen, zu den fröhlichen Klängen des Posthorns im vornehmsten Stil nach Clapton. Sehr bald ließen sie die verstopften Straßen mit ihrer schwerfälligen Prozession von Karren, Postkutschen und Sänften hinter sich und rollten munter in das freie, frühlingsgrüne Land hinaus. Die Chaise hielt vor *The Red Cottage,* einer hübschen, rosenumrankten Villa. Manasseh war erstaunt, mit wieviel Geschmack der Garten mit Marmorfiguren und Grotten im italienischen Stil angelegt war. Der Hausherr, der die

Töne des Posthorns vernahm und natürlich den Besuch einer Standesperson vermutete, ließ sagen, er befände sich augenblicklich in den Händen seines Friseurs, würde aber in weniger als einer halben Stunde unten erscheinen. Das paßte zu den Informationen, die Manasseh über den Mann eingezogen hatte. Es handelte sich um den jungen Mr. Belasco, einen Liebhaber von seidenen Westen und neuartigen Schuhbändern, dessen höchstes Streben es war, es den großen Elegants und Stutzern gleichzutun, und der angeblich sogar ein Fernglas zur Schau trug, wenn er sich in Vauxhall zeigte. Manasseh hatte ihn nie gesehen, weil er sich nicht die Mühe nahm, seine Schnorrerfahrten so weit auszudehnen, doch die gediegene Ausstattung der Eingangshalle und des Treppenhauses ließ das Beste erwarten. Die Empfangsräume gefielen ihm sogar noch besser; sie waren mit Eiche getäfelt und mit den kostbarsten Kunstgegenständen und Luxusartikeln vollgestopft. Die Wände des Salons waren mit Fresken geschmückt, und von der Decke herab hing ein funkelnder siebenarmiger Kronleuchter.

Als Manasseh die Möbel genugsam untersucht hatte, wurde ihm die Sache langweilig, und er begab sich in Belascos Schlafzimmer.

«Ihr werdet mich entschuldigen, Mr. Belasco», sagte er, ohne weiteres durch die halboffene Tür eintretend, «aber mein Geschäft ist dringend.»

Der junge Dandy, der vor dem Spiegel saß, erwiderte, ohne aufzublicken: «Achtung, Sir! Ihr hättet um ein Haar meinen Friseur erschreckt!»

«Fern sei es von mir, willentlich einen Künstler zu stören», erwiderte Manasseh trokken, «obschon ich aus der Eleganz der Frisur schließe, daß mein Eintritt kein Haar daran geändert hat. Doch ich komme in einer Angelegenheit, die - was der Sohn von Benjamin Belasco als erster zugeben wird - noch dringlicher ist als seine Toilette.»

«Nein doch, Sir, was könnte von größerer Bedeutung sein?»

«Die Synagoge», sagte Manasseh streng.

«Bah! Was redet Ihr da, Sir?» Er blickte zum erstenmal behutsam auf. «Was kann die Synagoge von mir wollen? Ich zahle meine Finta und jede Rechnung, die mir von den Gaunern geschickt wird. Die Beträge können sich sehen lassen, wahrhaftig!»

«Aber Ihr geht niemals hin!»

«Allerdings nicht. Ein Mann von Welt findet nicht für alles Zeit. Es gibt so viele Empfänge und Gesellschaften...»

«Schade. Dort fehlt ein Mann wie Ihr. Die

Gemeinde bietet keinen erhebenden Anblick. Ein nachlässiger Pöbel ohne jedes modische Vorbild.»

In den Augen des blassen Herrchens blitzte ein Funken von Interesse auf.

«Tölpel sind sie doch allesamt!» seufzte er. «Ihr selber könntet, nach Euerer Kleidung zu schließen, ein Vertreter der neuen exzentrischen Schule sein. Was mich betrifft, halte ich mich an die alte Tradition der Eleganz.»

«Ihr solltet Euch lieber an die alte Tradition der Frömmigkeit halten», sprach Manasseh. «Euer seliger Vater war ein Heiliger, aber Ihr seid ein Sünder in Israel. Kehrt in den Schoß der Synagoge zurück und verkündet Euere Rückkehr, indem Ihr zu den Finanzen beitragt. Sie mußte jetzt gerade eine zweifelhafte Forderung übernehmen, und ich führe eine Sammlung durch, um das Geld zur Rückzahlung aufzutreiben.»

Der junge Elegant gähnte. «Ich weiß nicht, wer Ihr seid», sagte er schließlich, «aber offenkundig gehört Ihr nicht zu uns. Was die Synagoge betrifft, bin ich bereit, die Kleidung zu reformieren, aber ich will verdammt sein, wenn ich noch einen Shilling zu den Finanzen beisteuere. Sollen die Geschäftsleute in der Gemeinde die Zeche bezahlen – ich kann's mir nicht leisten!»

«*Ihr* könntet es Euch nicht leisten!»

«Nein – Ihr müßt verstehen. Ich habe so extravagante Neigungen.»

«Aber ich gebe Euch ja gerade die Möglichkeit zur Extravaganz!» rief Manasseh. «Was könnte extravaganter sein als Wohltun? Ist das nicht der größte Luxus?»

«Verdammt, ich muß Euch bitten zu gehen, Sir», sagte der schöne Belasco kühl. «Seht Ihr nicht, daß Ihr meinen Friseur nervös macht?»

«Ohnehin würde ich keinen Augenblick länger unter diesem lästerlichen, wenn auch schönen Dach verweilen», sagte Manasseh, in die Richtung der Tür zurückweichend. «Doch um Eueres seligen Vaters willen möchte ich einen letzten Appell an Euch richten. Laßt von Euerem sündhaften Treiben ab, damit er in Frieden ruhen kann!»

«Zum Teufel, was mischt Ihr Euch in meine Angelegenheiten ein!» rief der junge Mann. «Mein Geld dient allein zur Unterstützung von Genie und Geschmack. Ich werde es nicht auf ein Pack spießige Krämer vergeuden!»

Der Schnorrer richtete sich zu seiner vollen Höhe auf, aus seinen dunklen Augen sprühte Feuer. «So lebt denn wohl!» zischte er in furchterregendem Ton. *«Ihr werdet der Dritte sein!»*

Er verschwand, und der Stutzer sprang tief

erschrocken auf. Über dem Entsetzen, das diese geheimnisvolle Drohung ihm einflößte, vergaß er sogar seine Frisur.

«Was meint Ihr?» schrie er hinter Manasseh her.

Der Schnorrer erschien wieder in der Tür. «Ich meine, daß seit Erschaffung der Welt nur zwei Menschen ihre Kleider mit sich in die andere Welt genommen haben. Der eine war Korah, den die Erde verschlang, der andere der Prophet Elias, der geradewegs in den Himmel getragen wurde. Ihr werdet der Dritte sein, und es ist offenbar, in welche Richtung Ihr verschwinden werdet.»

Die schlafenden Saiten des Aberglaubens vibrierten unter da Costas kundiger Berührung.

«Brüste dich nur in deiner Jugendkraft, o Mensch!» fuhr der Schnorrer fort. «Doch es wird ein Tag sein, an dem einzig die Leichenweiber sich mit deiner Toilette befassen werden. Sie werden dich in ein weißes Laken hüllen, und der Teufel wird nie erfahren, welch großer Elegant du warst.»

«Wer seid Ihr denn, daß ich Euch Geld für die Synagoge aushändigen sollte?» fragte der Dandy verdrossen. «Wo ist Euer Beglaubigungsschreiben?»

«Habt Ihr mich zurückgerufen, um mich zu

beleidigen? Sehe ich wie ein Gauner aus? Nein, nein, steckt Euere Börse nur wieder ein. Ich will Euer lumpiges Gold nicht. Laßt mich gehen!»

Doch allmählich ließ sich Manasseh erweichen, zehn Sovereigns anzunehmen.

«Um Eueres Vaters willen also», sagte er, während er das Geld einsteckte. «Das einzige, was ich *Euch* zuliebe annehmen will, sind meine Reisespesen. Ich mußte eine Postchaise benutzen, und der Synagoge darf daraus kein Schaden erwachsen.»

Der schöne Belasco war gern bereit, den zusätzlichen Betrag zu zahlen, und setzte sich mit dem angenehmen Gefühl eines guten Gewissens wieder vor seinen Spiegel. «Ihr seht ja», bemerkte er gleichsam entschuldigend, denn Manasseh stand immer noch da, «man kommt gar nicht nach. Man braucht unglaublich viel Zeit, um ein führender Dandy zu sein. Meine Wildlederhose hier ist das Resultat von neun Anproben. Aber seht nur, wie sie jetzt sitzt.»

«Euerem hervorragenden Ruf wird sie aber kaum gerecht», erwiderte Manasseh offenherzig.

Belascos Gesicht wurde sogar noch bleicher als beim Gedanken an Erdbeben und Teufel. «Sie paßt mir, daß ich fast aus den Nähten platze!» rief er gekränkt.

«Aber ist sie wirklich die allerletzte Mode?» fragte Manasseh zweifelnd. «Und die Nankinghosen dort drüben habe ich ganz bestimmt schon letztes Jahr in der Stadt gesehen.»

«Mein Schneider behauptet, es wäre ein ganz besonderer Schnitt. Es ist eine neue Fasson, die ich einzuführen gedenke - weit gebauscht, zu gefältelten Hemden zu tragen.»

Manasseh schüttelte skeptisch den Kopf, woraufhin ihn der Dandy bat, seinen Garderobeschrank durchzusehen und alles auszusortieren, was ihm nicht originell oder modern genug schiene. Manasseh willigte nach beträchtlichem Zögern ein und schied schließlich einige Krawatten, Hemden, Perücken und Halstücher aus der riesigen Sammlung aus.

«Aha! Mehr findet Ihr nicht!» rief der Dandy triumphierend.

«Ja, leider», erwiderte Manasseh bedauernd. «Das ist alles, was Euerem Ruhm entspricht, was auf den ersten Blick den Mann von Geschmack und Lebensart kennzeichnet. Alles andere ist geschmackloser Plunder. So was könnte jeder tragen.»

«Jeder!» hauchte der arme Dandy, im Innersten getroffen.

«Gewiß. Ich selber könnte es tragen.»

«Danke! Ich danke Euch! Ihr seid ein ehrlicher Mensch. Ich achte Kritik, wenn der Kritisierende nichts dabei zu gewinnen hat. Wie froh bin ich, daß Ihr mich besucht habt! Dieses Lumpenzeug soll mein Kammerdiener bekommen.»

«Nein, Ihr werdet es doch nicht auf den Goj* verschwenden!» rief Manasseh, dem ein glänzender Einfall kam. «Laßt mich zum besten der Synagoge darüber verfügen!»

«Ich möchte Euch nicht soviel Mühe machen...»

«Gibt es eine Mühe, die ich nicht zum Nutzen der Gemeinde auf mich nehmen würde?» sprach Manasseh mit Gönnermiene. Damit riß er jäh die Tür zum anstoßenden Zimmer auf und gab den Kammerdiener, der am Schlüsselloch horchend auf der Schwelle kniete, den Blicken preis. «Tragt mir das Zeug hinunter, mein Guter», befahl er ruhig, und der Diener war nur zu froh, seine Verlegenheit verbergen zu können, indem er mit dem ersten Armvoll Atlaswesten aus dem Zimmer hastete.

Manasseh, der das übrige zusammenpackte, schüttelte entmutigt den Kopf. «Ausgeschlossen, das alles in der Postchaise unterzubringen», sagte er. «Ihr werdet mir Euere Equipage leihen müssen.»

«Könnt Ihr nicht noch einmal zurückkom-

* Nichtjude, meist im abfälligen Sinn gebraucht. (Anm. d. Übers.)

men, um die anderen Sachen zu holen?» fragte der Dandy schüchtern.

«Warum soll ich das Geld der Synagoge auf Mietwagen vergeuden? Nein, wenn Ihr Euere Güte voll macht und mir einen Diener mitgebt, um beim Auspacken zu helfen, werdet Ihr Eueren Wagen in ein, zwei Stunden wiederhaben.»

So wurde der Wagen angespannt, und Manasseh preßte den Kutscher, den Kammerdiener und den Lakai in seine Dienste, die unter seiner Aufsicht Belascos Garderobe in die zwei Vehikel packten. Dann setzte er sich in Belascos Equipage, der Kutscher und der großartig betreßte und gepuderte Lakai nahmen ihre Plätze ein, und mit einem fröhlichen Horntriller setzte sich der Zug in Bewegung. Manasseh verneigte sich huldvoll vor dem Herrn des *Red Cottage*, der mit seiner spitzenumkrausten Hand aus dem grünumrankten Fenster winkte. Nach einer angenehmen Fahrt hielten die beiden Wagen vor dem stattlichen, von zwei steinernen Löwen bewachten Haus, in dem der reiche Altwarenhändler Nathaniel Furtado wohnte. Er gab nicht nur ohne weiteres fünfzehn Pfund für die eleganten bestickten und spitzenbesetzten Kleider, sondern ließ sich auch noch zu einer Spende von einem Sovereign für die Synagoge beschwatzen. Daraufhin entließ Manasseh die Postchaise mit einem ansehnlichen Trinkgeld und fuhr in der nunmehr leeren Karosse mit dem gepuderten Lakaien auf dem Tritt in vollem Staat vor Rodriques' Haus in Finsbury Circus vor. «Ich komme, um Euch an Euer Versprechen zu mahnen und meine zehn Pfund zu holen.» Rodriques lachte und fluchte und lachte wieder und behauptete, die Karosse wäre nur gemietet, um ihm die zehn Pfund herauszulocken.

«Gemietet?» wiederholte Manasseh beleidigt. «Erkennt Ihr nicht das Wappen meines Freundes Belasco?» Und tatsächlich fuhr er mit der Zehnpfundnote in der Tasche davon, denn Rodriques hatte ein scharfes Auge. Schließlich entließ der König auch die Equipage und begab sich zu Fuß in die Fenchurch Street zum Hause seines Vetters Barzillai, der früher Plantagen auf den Barbados besessen hatte und sich jetzt dem Westindienhandel widmete.

Aus Angst, vor seinen Angestellten bloßgestellt zu werden, pflegte Barzillai seinen lieben Verwandten immer in das benachbarte Kaffeehaus zu schleppen und ihn dort mit teueren Getränken zu bewirten.

«Du hattest kein Recht, Geld zu spenden, das du nicht besitzst. Das war unredlich!» rief er in nicht zu unterdrückendem Zorn.

Manasseh setzte sein Glas so heftig hin, daß

der dünne Stiel zitterte. «Unsinn! Wurdest du nicht nach mir aufgerufen? Und hast du nicht ebenfalls gespendet?»

«Gewiß. Aber ich *hatte* das Geld.»

«Was? Bei dir?»

«Nein, natürlich nicht. Ich trage am Sabbat kein Geld bei mir.»

«Eben. Ich auch nicht.»

«Aber ich hatte das Geld auf der Bank.»

«Und ich ebenfalls. Du und deinesgleichen - ihr seid meine Bankiers. Du stellst einen Scheck auf deinen Bankier aus - ich auf meinen.» Und nachdem er seinen Vetter dermaßen unwiderlegbar überführt hatte, fiel es Manasseh nicht mehr schwer, zweieinhalb Pfund aus ihm herauszuholen.

«Und jetzt», sagte er, «solltest du wirklich etwas spenden, um den Verlust der Synagoge zu verringern.»

«Aber das habe ich doch soeben getan!» rief Barzillai verdutzt.

«Das hast du mir als Vetter gegeben, damit dein Verwandter seinen Verpflichtungen nachkommen kann. Ich buche es als ganz persönliche Gabe. Jetzt aber spreche ich für unsere Synagoge, der ein schwerer Verlust droht. Du bist nicht nur mein Vetter, sondern auch ein Sephardi. Das ist, wie ich dir schon oft erklärt habe, eine ebenso große Auszeichnung. Du schuldest mir eine Wohltat, nicht nur als Vetter, sondern auch als Schnorrer.» Und nachdem er dem gänzlich verwirrten Barzillai eine weitere Guinee abgenommen hatte, begab er sich in Grobstocks Kontor, um den säumigen Zahler zu packen.

Doch der listige Grobstock war durch Manassehs Ankündigung, bei ihm vorzusprechen, genugsam gewarnt und durch seinen Sonntagmorgenbesuch in akuten Alarm versetzt und hatte Order gegeben, ihn vor dem Schnorrer und jeder auch nur halbwegs ähnlichen Erscheinung zu verleugnen. Es wurde Nachmittag, bis Manasseh ihn in Sampsons Kaffeehaus in Exchange Alley stellte, dort, wo die Makler verkehrten, wo Lehrlinge und Studenten großmäulig auf Minister schimpften und alle möglichen Gestalten, von blaublütigen jüngeren Söhnen bis zu Advokaten ohne Klienten, nach Tips, wie man leicht zu Gelde kommen könnte, herumhorchten. Manasseh stöberte seine Beute hinter einer weit entfalteten Zeitung in der vordersten Nische auf.

«Warum kommt Ihr immer gerade zu mir?» murrte der Ostindiendirektor hilflos.

«Wie?» forschte Manasseh, die Hand am Ohr. «Verzeiht, ich höre nicht recht.»

«Wenn Euere eigene Gemeinde Euch nicht erhalten kann», rief Grobstock lauter, mit der ganzen Kühnheit einer bis zum äußersten gehetzten Kreatur, «warum geht Ihr dann nicht zu Abraham Goldsmid oder seinem Bruder Ben, zu Van Owen oder zu Oppenheim? Die sind sämtlich reicher als ich!»

«Sir!» erwiderte Manasseh grimmig. «Ihr seid ein gewandter – was sage ich, ein berühmter Finanzmann. Ihr wißt, was man kaufen und was man verkaufen soll, welche Papiere steigen und welche fallen werden, ob man besser der Hausse oder der Baisse folgt. Wenn die Regierung ihre Anleihen auflegt, richten sich Tausende von Spekulanten nach Euerer Führung. Was würdet Ihr sagen, wenn *ich* mir anmaßte, mich in Euere finanziellen Überlegungen einzumischen? Wenn ich Euch raten wollte, diese Aktien auf den Markt zu werfen und jene einzuziehen? Ihr würdet mir bedeuten, mich um meine eigenen Angelegenheiten zu scheren, und Ihr hättet vollkommen recht. Schnorren hingegen ist mein Geschäft. Verlaßt Euch auf mich – ich weiß am besten, zu wem ich gehen soll. Ihr haltet Euch an Euere Effekten und kümmert Euch nicht um meine Schnorrerei. Ihr seid der König der Financiers, aber ich bin der König der Schnorrer.»

Grobstocks Ärger über diese Erwiderung war durch das Kompliment, das seinem Finanzgenie gezollt wurde, etwas gemildert.

«Wollt Ihr nicht eine Tasse Kaffee?» fragte er ihn.

Doch Manasseh ließ sich nicht so leicht besänftigen. «Nach dem Empfang, den Ihr mir bereitet, sollte ich mich gar nicht an Eueren Tisch setzen», sagte er. «Wenn ich noch für mich persönlich schnorren käme! Ich wollte Euch doch nur Gelegenheit geben, etwas für die Finanzen unseres Gebetshauses zu tun!»

«Aha! Euere vielgerühmte Gemeinde sitzt in der Klemme, wie?» erkundigte sich Grobstock mit selbstzufriedenem Zwinkern.

«Sir! Wir sind die reichste Gemeinde der Welt! Wir brauchen von keinem etwas!» protestierte Manasseh entrüstet, während er aus reiner Zerstreutheit den Kaffee entgegennahm, den Grobstock für ihn bestellt hatte. «Die Schwierigkeit ist nur die, daß ich anläßlich der Heirat meiner Tochter der Synagoge hundert Pfund gespendet habe, und es ist mir noch nicht gelungen, die ganze Summe einzukassieren, obwohl ich diesem Zweck schon anderthalb Tage meiner kostbaren Zeit gewidmet habe.»

«Warum kommt Ihr da zu mir?»

«Was! Das fragt Ihr noch immer?»

«Ich - ich meine...», stotterte Grobstock, «wie komme ich dazu, die portugiesische Synagoge zu unterstützen?»

Angesichts einer solchen Begriffsstutzigkeit konnte Manasseh nur mit der Zunge schnalzen. «Ttt... Ihr habt mehr Grund als jeder Portugiese, unsere Synagoge zu unterstützen.»

«Ich?» Grobstock fragte sich, ob er träume.

«Jawohl, Ihr. Wurde dieses Geld nicht zu Ehren der Heirat eines aschkenasischen Juden gespendet? Ist das nicht ein glänzendes Ruhmesblatt für Euere Gemeinde?»

Grobstock erstickte schier vor Entrüstung. «Nein, das ist zuviel!» rief er.

«Zuviel, um einen solchen Anlaß zu feiern? Zum erstenmal wurde einer der Eueren in unseren Schoß aufgenommen. Ihr enttäuscht mich, Grobstock, Ihr enttäuscht mich tief. Ich dachte, Ihr würdet meiner Großmütigkeit Beifall zollen.»

«Es ist mir gleich, was Ihr dachtet!» keuchte Grobstock. Er war aufrichtig erzürnt über die lächerliche Zumutung, doch gleichzeitig stolz auf sich selber, daß er nun dem hinterlistigen Schnorrer so erfolgreich Widerstand leistete. Ja, er wollte festbleiben, und Manasseh würde es nie mehr wagen, sich an ihn zu wenden! «Keinen Kreuzer sollt Ihr von mir kriegen!» brüllte er.

«Wenn Ihr hier eine Szene macht, will ich gehen», erwiderte Manasseh ruhig. «Schon jetzt sind Augen und Ohren auf Euch gerichtet.

Bei Euerem Geschrei müssen die Leute mich ja für einen Schuldeneintreiber und Euch für einen Bankrotteur halten.»

«Die Leute sollen zum Teufel gehen, und Ihr dazu!» polterte Grobstock.

«Lästerer! Ihr schickt mich zum Teufel, um Geld für die Synagoge zu beschaffen?! Doch ich will keinen Wortwechsel mit Euch führen. Ihr weigert Euch also, etwas zu dieser Summe beizutragen?»

«Ich hab nicht den geringsten Grund dazu!»

«Nicht einmal die fünf Pfund, die ich ausdrücklich Jankele zu Ehren gespendet habe? Ist er nicht einer von Eueren Leuten?»

«Was, ich soll Jankele zu Ehren zahlen? Dieser schmutzige Schnorrer!»

«Redet Ihr so von Eueren eigenen Gästen?» rief Manasseh in schmerzlichem Erstaunen. «Vergeßt Ihr, daß Jankele an Euerem Tisch Brot gebrochen hat? Vielleicht redet Ihr ebenso von mir, wenn ich Euch den Rücken kehre? Aber hütet Euch! Denkt an die Worte unserer Weisen: ‹Du und ich, wir können nicht beide in dieser Welt leben!› sagte Gott zu dem Hochmütigen. – Kommt jetzt, Grobstock. Hört auf zu schachern und Euch hinter leeren Schimpfreden zu verstecken. Ihr weigert Euch, mir diese lumpigen fünf Pfund zu geben?»

«Mit aller Entschiedenheit!»

«Nun gut!» Und Manasseh winkte den Kellner herbei.

«Was habt Ihr vor?» fragte Grobstock beunruhigt.

«Das werdet Ihr sehen», antwortete Manasseh fest, und als der Kellner kam, drückte er ihm das Geld für seine Zeche in die Hand.

Grobstock errötete im Gefühl der Demütigung. Manasseh erhob sich.

Grobstocks fatale Schwäche ließ ihn in dieser letzten Minute Gewissensbisse empfinden.

«Ihr müßt doch selber einsehen, wie unvernünftig Euer Verlangen war!» murmelte er unglücklich.

«Bemüht Euch nicht erst, Euch zu rechtfertigen. Mit Euch bin ich fertig», sprach Manasseh. «Als Wohltäter bin ich mit Euch fertig. In Zukunft mögt Ihr Euere Kleider vollschnupfen und vollklecksen, soviel Ihr wollt, ich werde keinen Finger rühren. Als Finanzmann schätze ich Euch nach wie vor und könnte mich vielleicht einmal an Euch wenden, aber als Wohltäter...»

«Wenn ich Euch irgendwie dienlich sein kann...», murmelte Grobstock vage.

«Laßt sehen.» Manasseh blickte ihn nachdenklich an. «Mir kommt eine Idee. Ich habe über sechzig Pfund einkassiert. Wenn Ihr den Betrag günstig für mich anlegen könntet...»

«Gewiß, natürlich», beeilte sich Grobstock zu versichern.

«Schön! Mit Euerer einzigartigen Kenntnis der Marktlage müßte es Euch ein leichtes sein, den Betrag in wenigen Tagen auf die erforderlichen hundert Pfund zu erhöhen. Vielleicht habt Ihr sogar Euere Finger gerade in irgendeiner Hausse oder Baisse, in einem großartigen Coup…»

Grobstock nickte unverbindlich. Es war ihm inzwischen in den Sinn gekommen, daß solche Geschäfte beträchtlich unter seiner Würde waren. Er war kein Börsenmakler und hatte noch keinem Menschen einen ähnlichen Dienst erwiesen.

Er versuchte einen Rückzieher: «Und wenn ich alles verliere?»

«Ausgeschlossen!» versicherte der Schnorrer überlegen. «Vergeßt Ihr, daß das Geld der Synagoge gehört? Glaubt Ihr, der Allmächtige wird zulassen, daß Sein eigenes Geld verlorengeht?»

«Warum spielt Ihr dann nicht selbst damit?» fragte Grobstock schlau.

«Ich? Gott behüte! Seine Ehre muß bewahrt bleiben. Soll Er etwa weniger gut bedient sein als ein irdischer Herrscher? Glaubt Ihr, ich weiß nicht um Euere finanziellen Verbindungen zum Hof? Der Dienst des Allmächtigen erfordert die besten Fachleute. Ich war der beste Fachmann, das Geld einzutreiben – Ihr seid der beste, es anzulegen. Morgen früh soll es in Euerem Haus sein.»

«Nein, nein, bemüht Euch nicht», murmelte Grobstock schwach. «Ich muß das Geld nicht in der Hand haben, um damit zu arbeiten.»

«Ich danke Euch für das Vertrauen, das Ihr in mich setzt», erwiderte Manasseh bewegt. «Jetzt redet Ihr wieder wie Ihr selber. Ich nehme meine Worte zurück. Ich werde wieder zu Euch kommen – zum Wohltäter nicht minder als zum Finanzmann. Und – es tut mir leid, daß ich meinen Kaffee selbst bezahlt habe...» Seine Stimme bebte.

Grobstock war gerührt. Er holte ein Sixpencestück hervor und ersetzte seinem Gast die Auslage samt Zinsen. Manasseh ließ die Münze in die Tasche gleiten. Kurz darauf verabschiedete er sich mit ein paar letzten Ermahnungen an die Adresse seines Börsenmaklers.

Da Grobstock den Auftrag nun einmal auf dem Hals hatte, beschloß er, ihn aufs beste auszuführen. Das verlangte schon seine Eitelkeit. Zufällig war er wirklich gerade im Begriff, einen großartigen Coup zu machen, und Manassehs kleines Fischlein konnte getrost neben seinem Meeresungeheuer einherschwimmen.

Fast über Nacht machte er aus den sechzig Pfund über sechshundert.

Ein paar Tage nach der königlichen Hochzeit, von deren Glanz die herabgekommenen Schnorrer unserer Zeit noch heute künden, überreichte Manasseh dem sprachlosen Kanzler des Machamad ein Säckchen mit zwanzigmal fünf Sovereigns. So erfüllte er ehrenhafter und prompter als mancher beamtete Vorsteher seine Verpflichtung gegen die Synagoge. Ja, mehr noch! In der richtigen Überlegung, daß der Gewinn aus der Spekulation der Synagoge gebührte, deren Geld ja den Einsatz gebildet hatte, überschrieb er mit geradezu donquichottischer Gewissenhaftigkeit den Rest von fünfhundert Pfund dem Machamad, mit der einzigen Klausel, daß diese Summe unter dem Namen «Da-Costa-Stiftung» dazu dienen sollte, einem armen, verdienten Gemeindemitglied (bei dessen Auswahl er sich als Stifter die maßgebliche Stimme vorbehalten würde) eine Lebensrente auszuzahlen. Der Rat der Fünf unterwarf sich gern dieser Bedingung, und es wurde eine eigene Versammlung zur Bestimmung des Begünstigten einberufen. Die Wahl des Stifters fiel auf Manasseh Bueno Barzillai Azevedo da Costa, der fortan allgemein als König der Schnorrer anerkannt wurde und hiermit als solcher in die Überlieferung eingeht.

NACHWORT

Mit dem «König der Schnorrer» hat Israel Zangwill eine Gestalt geschaffen, in der die versunkene Welt des an die Tradition gebundenen, in einer nach außen abgeschlossenen Gemeinschaft lebenden Judentums aufersteht. Ihre Bewohner sind sich ihrer Eigenheiten so sehr bewußt, daß sie das Absurde in Sitte oder Argument geradezu als etwas Auszeichnendes pflegen. Ihnen war das Ghetto nicht Gefängnis, sondern Heim. Nur eine von Humor überglänzte Beobachtung kann dieser Welt gerecht werden. Und so wie die großen jiddischen Schriftsteller von J. L. Perez und Scholem Alejchem bis zum Nobelpreisträger J. B. Singer dem Ostjudentum ein unvergängliches Denkmal geschaffen haben, ist es Israel Zangwill mit seinem Werk gelungen, die eigentümliche Welt des englischen Judentums lebendig darzustellen. Hier treffen und vermischen sich zwei Ströme jüdischen Volks- und Geisteslebens. Auf der einen Seite die Sephardim, die Nachkommen der von der Inquisition aus Spanien und Portugal vertriebenen Juden und Marranen, die nach England gezogen waren; die Juden waren im 14. Jahrhundert von dort verjagt worden, durften aber seit Cromwell wieder einwandern. Auf der andern Seite die Ostjuden, die Aschkenasim oder Tedescos, Deutsche, wie sie von den Sephardim genannt wurden, die auf der Flucht vor den mit dem Kosakenaufstand von 1648/49 einsetzenden Verfolgungen von Rußland nach Deutschland und Holland geströmt waren und seit der zweiten Hälfte des 17. Jahrhunderts aus Hamburg und Amsterdam in London eintrafen. Besonders nach der «glorious revolution», die Wilhelm von Oranien 1688 auf den Thron brachte, wuchs dieser Zustrom stark an. Die jiddisch sprechenden und (mit hebräischen Lettern) schreibenden Aschkenasim, die auch das Hebräische anders betonten und andere Melodien für ihre Gesänge hatten, wurden von den Sephardim auf Distanz gehalten. Es gab keine Mischehen, und jede der beiden Gemeinschaften hatte ihre eigene Synagoge und ihren eigenen Friedhof. Mit der Thronbesteigung des deutsch sprechenden Georg I. aus Hannover (1714) kamen mehr Aschkenasim aus Deutschland. Sie schufen ihre eigene Organisation für Begräbnis, soziale Hilfe, Schule und Unterstützung von Schuldnern. Die neuen Einwanderer gehörten einer niedrigeren sozialen Klasse an als die

Sephardim. Sie bildeten ein Proletariat aus Dienern, Handwerkern, Kleiderhändlern, Hausierern. Dazu kamen einige wenige Bemittelte, die an der Börse arbeiteten, im Juwelen- oder Großhandel tätig waren. Mit dem fortschreitenden 18. Jahrhundert assimilierten sich die englischen Juden sehr stark. Geldmagnaten unter ihnen berieten Premierminister und Schatzkanzler. Manche taten sich als Ärzte, Naturwissenschaftler, Schriftsteller hervor. Nach 1760 bildeten die beiden Gruppen ein gemeinsames Organ zur Vertretung ihrer Interessen. Damals gab es in England 6000–8000 Juden, die meisten in London. Davon war ein Viertel spanisch-portugiesischer Herkunft, wohlhabender und stärker anglisiert als die übrigen. Nach neuen Judenmassakern in der Ukraine setzte seit 1768 ein weiterer Zustrom ein, so daß sich die jüdische Gemeinde innerhalb von dreißig Jahren verdreifachte. Mit jeder neuen Einwanderungswelle, d. h. bis in unser Jahrhundert, erneuerte sich der Gegensatz zwischen den assimilierten Juden, zu denen schon im 18. Jahrhundert der typische Geck und Elegant gehört, der nicht mehr im East End, sondern draußen auf dem Lande wohnt, und den neuen Ankömmlingen.

Daß der Held der vorliegenden Erzählung nicht ein Ostjude ist, sondern mit seinem klingenden Namen Manasseh Bueno Barzillai Azevedo da Costa zur Aristokratie der Sephardim gehört und aus dieser Auszeichnung gegenüber den Aschkenasim ein großes Wesen macht, dabei aber ein Schnorrer bleibt, der sein Leben durch die Wohltätigkeit seiner Mitjuden aus beiden Gemeinschaften fristet, ist eines der Paradoxe, aus denen sich die komödienhafte Handlung fortspinnt.

Der Schnorrer ist eine Gestalt des jüdischen Volkslebens, die aus seinem Alltag nicht wegzudenken ist. Der Ausdruck «Bettler» umschreibt ihn nur ungenau. Das ist schon daraus ersichtlich, daß es auch im modernen westlichen Judentum, wo man den Bettler im herkömmlichen Sinne kaum mehr kennt, den Schnorrer gibt und die Verwendung des Verbs «schnorren» noch gang und gäbe ist, dies vor allem bei Geldsammlungen für einen guten Zweck. Abgesehen von den sozusagen traditionellen Schnorrern, die, genau wie es bei Nichtjuden vorkommt, ihre Existenz daraus fristen, daß sie Mäzene von der Wichtigkeit ihrer geistigen oder künstlerischen Existenz, die einen normalen Broterwerb ausschließe, überzeugen können, wird jetzt vor allem für andere, für gute Zwecke «geschnorrt». Dabei spielt die Redegabe, mit der man die als Spender Auserkorenen zu überzeugen sucht, eine große Rolle.

Der jüdische Schnorrer aller Zeiten hat vor allem ein gutes Mundwerk. Seine Vorfahren waren fahrende Leute, besonders die jüdischen Musikkapellen, Bänkelsänger und Wanderprediger. Sie waren, da es noch keine Zeitungen gab, wichtige Überbringer von Neuigkeiten, vielfach auch Heiratsvermittler. Außerdem erzählten sie Anekdoten und Witze, «Schnurren». Das schweizerdeutsche «Schnurri» für Schwätzer; «schnurre», schwatzen; «Schnurre», Maul, ist dem aus dem Jiddischen kommenden Ausdruck eng verwandt. Im 18./19. Jahrhundert war im deutschen Sprachgebiet im Volk der Ausdruck «schnurren» für betteln weit verbreitet. Nach Kluge, «Etymologisches Wörterbuch der deutschen Sprache», bedeutete «schnurren» ursprünglich «als Bettelmusikant mit Schnurrpfeife und Maultrommel einherziehen». Heute erschöpfen sich die Schnurrpfeifereien des Schnorrers im Reden, das bei manchen, genau wie beim Helden unserer Erzählung, als Gabe hoch ausgebildet ist. Mancher Schnorrer versteht sein Reden auch als Gegenleistung. So berichtet Manès Sperber in seiner Autobiographie «Die Wasserträger Gottes» über einen von seinem Vater zum Sabbatmahl mitgebrachten Schnorrer, der bei Tisch niemand zu Wort kommen ließ: «Es entsprach wahrscheinlich seiner Berufsauffassung, daß er die Gastgeber mit seiner Lebensbeschreibung unterhalten müßte. Er tat es übrigens mit Brio und bissigem Humor, so daß wir interessiert zuhörten.»

Wenn Sperber die Schnorrer «mehr oder minder ‹verschämte› Bettler» nennt, so ist der «König der Schnorrer» oft ausgesprochen unverschämt. Er sieht sich auch in einem andern Sinn als dem eben erwähnten als Gebender: Der Arme gibt dem Spender Gelegenheit, eine Wohltat zu leisten und sich dadurch dem Himmel gefällig zu erweisen. «... denn um solches willen wird dich der Herr, dein Gott, segnen in allen deinen Werken und in allem, was du vornimmst», heißt es vom Spender (Mose 5,15,10). Unzählige Zitate begleiten die Beutezüge des Schnorrers.

Die Verwurzelung im biblischen und talmudischen Glauben und die Gelehrsamkeit, die den Schnorrer Manasseh befähigt, seine Partner, wenn nicht zu überzeugen, so doch unsicher zu machen, bilden den Rahmen für das Geschehen. Auf dem biblischen Gesetz und seiner Auslegung im Talmud, von dem die im Text erwähnte Mischna als Kern der mündlichen Lehren ein Bestandteil ist, beruht die Berufung des Schnorrers, mit der er unermüdlich und voller Gelehrsamkeit den Spendern in den Ohren liegt. Daß diese talmudische Gelehrsamkeit als Tugend gilt, gibt der Beredsamkeit eine doppelte Wirkung: Wer so gut in den heiligen Schriften Bescheid weiß, zeigt, daß er Gescheiteres zu tun hat, als einem gemeinen Broterwerb nachzugehen. Und außerdem: «Denn im Talmud steht geschrieben: ‹Wer veranlaßt, ist größer als wer ausführt.› Darum ist der Schnorrer, der die gute Tat bewirkt, noch größer als jener, der sie vollbringt», sagt der Held. Ein andermal heißt es: «Zu zehn guten Taten gibt der Arme dem reichen Mann Gelegenheit. Man ist es seiner Stellung im Leben schuldig, den Reichen die Gelegenheit zur Barmherzigkeit, die so recht von Herzen kommt, zu verschaffen.» Oder, wie es im Talmud heißt: «Wohltun ist das Salz des Reichtums.»

Was sonst als nackte Unverschämtheit erscheinen könnte, wird nicht nur als Ausfluß einer durch Tradition geheiligten Kunst, eben des Schnorrens, sondern auch im tief verwurzelten Gefühl für die Menschenwürde des Armen akzeptiert. Zangwill hat zur Londoner Kritik, die einer mißglückten, weil offenbar zu langsamen Aufführung einer Bühnenfassung seiner Erzählung verständnislos gegenüberstand, erklärt, sie habe «kein Gefühl für die Langmut und das duldsame Verständnis des reichen und charaktervollen Juden der alten

Zeiten, der auch einigen Sinn für Humor hatte in der auftrumpfenden Gegenwart des armen ‹vornehmen› Aufschneiders; sie hatte keinen Sinn für diese langmütige Brüderlichkeit... sie hatte vergessen, daß auch für die Christenheit die Armut ein praktisch gelebtes Ideal gewesen war.» «Der Schnorrer ist ebenso einzigartig unter den Bettlern, wie Israel unter den Völkern», sagte Zangwill ein anderes Mal.

Die 1894 geschriebene Geschichte «Der König der Schnorrer» wird von Zangwill ins 18. Jahrhundert versetzt, weil es, wie er schreibt, «die pittoreskeste Periode der anglojüdischen Geschichte ist und weder durch Romanschreiber noch Historiker je zuvor für eine Erzählung ausgewertet wurde». Die Schilderung, wie ein sephardischer Schnorrer einen polnischen unter seine Fittiche nimmt, ist eine übermütige Farce; doch das Milieu, in dem sie sich bewegt, ist die glänzend beschriebene und historisch mit vielen Einzelheiten belegte Welt des 18. Jahrhunderts. Lord George Gordon, auf den im ersten Satz angespielt wird, war ein schottischer Exzentriker, Sohn eines Herzogs. Er bekehrte sich zum Judentum; wegen einer Schmähschrift auf die Regierung mußte er ins Gefängnis, wo er übrigens bis zu seinem Tod (1793) ein geselliges Leben führte und sich mit Banketten und Konzerten die Zeit vertrieb.

Im ersten Teil der Erzählung begegnet der Schnorrer in Joseph Grobstock einem würdigen englischen Juden, einem Aschkenasi zwar, aber einem arrivierten und assimilierten, der sich als ein Direktor der Ostindischen Handelsgesellschaft seiner Wichtigkeit voll bewußt ist. Doch ein Rest der Unsicherheit ist ihm offenbar geblieben. Das zeigt sich in seiner Haltung zum hochnäsigen christlichen Diener Wilkinson. Diese Unsicherheit wird vom Schnorrer voll ausgenützt, da er sich als sephardischer Jude nicht nur die große Vergangenheit des spanisch-portugiesischen Judentums zugute hält, sondern auch die Tatsache, daß er zu denen gehört, die schon länger in England wohnen und damit gegenüber den Nachzüglern einen Vorrang beanspruchen.

Zum «König der Schnorrer» gehört als sein Schatten der polnische Schnorrer Jankele ben Jitzchock. Er hat noch einen fremdländischen Akzent in seiner Aussprache und besitzt weder die Größe noch den geraden Wuchs des Sepharden, wetteifert aber mit ihm in der Schlauheit. Jankele wird mit großer Gebärde als Gast da Costas bei Grobstock eingeführt. Nachher wird allein durch sicheres Auftreten ein Logenplatz für die beiden im Theater des East End erschwindelt. Jankele bringt es schließlich fertig, da Costas Tochter zu heiraten, obwohl gegen Mischehen zwischen Sephardim und Aschkenasim die größten Vorurteile bestehen. Als Beweis seiner Würde als Schwiegersohn hat Jankele vorher ein Probestück in seiner Kunst des Schnorrens zu leisten, indem er sich ein Essen bei einem durch seinen Geiz berüchtigten Rabbi erschnorrt.

Als besorgter Vater will da Costa über das Einkommen Jankeles Bescheid wissen. Das groteske Zwiegespräch über diese Einkünfte, die, um der Würde des Schnorrers willen, keine Arbeitseinkünfte, sondern nur erschnorrte sein dürfen, bewegt sich völlig in der Welt und im Denken des Ghettos, wo der Gottesdienst und die regelgetreue Einhaltung des Rituals den Alltag bestimmen. Zu den Aufgaben des Schnorrers gehört das Zusammenrufen von zwanzig Personen für das Morgengebet und, wenn nötig, das ergänzende Einstehen bei Trauerfamilien, wo es der Gegenwart von zehn Männern für die regelrechte Einhaltung des Trauerzeremoniells bedarf. Er verkündet, mit einer Sammelbüchse rasselnd, den Tod von Gemeindemitgliedern und liefert dann den Inhalt der Büchse der Begräbnisgesellschaft ab. Auch die Jahrestage des Todes eines Familienangehörigen sind dem Schnorrer günstig, da an diesen die Hinterlassenen spendefreudig sind.

Noch gilt es, den Machamad, den Rat der Fünf, der die sephardische Gemeinschaft regiert, zum Einverständnis mit der Mésalliance einer Sephardin mit dem polnischen Juden zu bringen. Das freche Auftreten da Costas führt zu derart heftigem Streit, daß der Präsident von einem Schlaganfall getroffen wird, worauf die Sitzung sich auflöst. Doch der Schnorrer setzt seinen Willen durch. Die Tochter wird in der sephardischen Synagoge verheiratet und dem Bräutigam die Ehre erwiesen, eine Woche darauf zur Lesung des Gesetzes aufgerufen zu werden. Da Costa überrascht die Gemeinde durch die Großzügigkeit der Spende zu gemeinnützigen Zwecken, die, wie üblich, in der Synagoge mit lauter Stimme verkündet wird. Erst nachher erweist sich, daß er sich diese Spende noch bei verschiedenen Wohltätern erbetteln muß, wobei er Ehrgefühl oder Ehrgeiz jedes einzelnen anzustacheln weiß. Er sucht auch einen modischen Gecken heim, der, obwohl völlig emanzipiert und assimiliert, sich doch durch dunkle, mit Bibelepisoden ausgeschmückte Drohungen erpressen läßt. Um die versprochene Summe voll zu machen, nimmt sich da Costa zuletzt sein erstes Opfer vor, den vor ihm aus dem Haus geflüchteten Ostindiendirektor Grobstock, den er im Kaffeehaus dazu bringt, die erbettelten sechzig Pfund für eine

Spekulation einzusetzen. Die Spekulation wirft das Zehnfache ab, und außer der Ablieferung der versprochenen hundert Pfund kann da Costa mit dem Rest beim Machamad einen Fonds stiften, dessen Ertrag für einen von ihm zu bezeichnenden Armen bestimmt sein soll. Als Nutznießer setzt er sich selbst ein!

Diese leichtherzig geschriebene, verspielte Erzählung zieht den Leser gemütlich ins Vertrauen und verläßt sich auf sein großzügiges Mitgehen, auch dort, wo ihre Kapriolen die Glaubwürdigkeit strapazieren mögen. Diesem Humor und dem liebevollen Eingehen auf die pittoreske Welt des East End verdankt Zangwill die Bezeichnung eines «Dickens der anglojüdischen Welt». Die Umsicht, mit der die vielen Erfolge des Schnorrers durch die Eitelkeit, die innere Unsicherheit und die besondere, ängstliche Form der Gottesfurcht seiner Opfer motiviert werden, die aus tiefster eigener Erfahrung geschilderte Atmosphäre des Londoner Judentums, in dem das Ghetto ebenso vertreten war wie die halb und ganz Emanzipierten und die Arrivierten, gibt der Erzählung ihre innere Wahrheit. Der historische Hintergrund, das farbenprächtige London des 18. Jahrhunderts, wird mit großer Sachkenntnis geschildert. Historische Gestalten und Fakten werden am Rande erwähnt. Neben dem eingangs genannten Lord Gordon der Alchimist und Kabbalist Falk, der jüdische Komponist von «Nelsons Tod», John Braham (ursprünglich Abraham; 1774–1856), ein berühmter jüdischer Boxer und schließlich die Tatsache, daß jüdische Finanzleute auch dem Hof mit Ratschlägen und Krediten beistanden. Wo die Streiche des Schnorrers sich allzusehr zu häufen drohen, wird die Erzählung durch Einflechtung pittoresker historischer Tatsachen und Begebenheiten aufgelockert und belebt. Daß es mit der Emanzipation damals doch noch nicht so weit her war wie zu Ende des 19. Jahrhunderts, deutet die Bemerkung über den «Primrose Day» an – es ist der 19. April, der Todestag des von venezianischen Sephardim abstammenden, allerdings getauften Premierministers Benjamin Disraeli (1804–1881), an dem die Konservativen zu seinem Andenken Sträußchen mit seiner Lieblingsblume, dem Schlüsselblümchen, zu tragen pflegten. (Manche tun es heute noch.)

Israel Zangwill ist als ein Kind des Ghettos, d.h. der weniger durch äußeren Zwang als inneren Zusammenhalt umgrenzten jüdischen Gemeinschaft, in Ostlondon aufgewachsen. Er hat sich als Schriftsteller und Theaterautor einen großen Namen gemacht und wurde einer der innerlich und äußerlich emanzipierten Juden, die sich den Fesseln der Orthodoxie entwanden. Manche seiner Theaterstücke und Romane spielen sich in nichtjüdischem englischem Milieu ab, doch immer wieder kehrte er zu jüdischen Themen zurück.

Zangwills Eltern waren frühe Vorläufer jenes mächtigen Stroms von Ostjuden, die nach den russischen Pogromen von 1881 in den Westen flohen. Die meisten strebten in die USA, doch viele blieben in den europäischen Hafenstädten stecken. So scheint es auch Zangwills Eltern ergangen zu sein. Sie wohnten zunächst in Plymouth und Bristol. Israel Zangwill, der am 14. Februar 1864 während eines Besuchs seiner Mutter in London zur Welt kam, ging zuerst in Bristol zur Schule, doch bald zog die Familie nach Spitalfields in Ostlondon. Der Vater, in Ravinisek, Lettland, geboren, war 1848 aus dem russischen Militärdienst nach England geflohen, weil er wegen seiner Weigerung, Schweinefleisch zu essen, bestraft worden war. Zeit seines Lebens blieb er ein frommer orthodoxer Jude, der ganz dem religiösen Streben ergeben war. Er galt seiner jüdischen Umwelt als «Schlemihl», d. h. ungeschickt in allen praktischen Dingen. Für sein erstes Buch verwendete Israel Zangwill das Pseudonym «Ben Schlemihl», Sohn eines Schlemihls. Sein Beruf als Glaser scheint den Vater nicht ernährt zu haben. Er schlug sich deshalb als Hausierer durch. Die Familie war immer knapp an Geld. Im Roman «The Children of the Ghetto» hat Zangwill in der Gestalt von Moses Ansell, des Hausierers, seinen Vater dargestellt: «Für Moses bedeutete ‹reisen›, verloren durch fremde Städte und Dörfer zu irren, die dem Dienst einer fremden Gottheit pflichtig und immer bereit waren, deren Kreuzestod zu rächen; in einem Land, dessen Sprache er kaum besser kannte als die der Legende nach mit Beckets Vater verheiratete sarazenische Jungfrau; es bedeutete, ohne Hemmungen in überfüllten Eisenbahnzügen zu beten, die Gebetsriemen um den linken Arm gewunden und die Stirn mit dem gewaltigen ‹Höcker der Gerechtigkeit›* geschmückt zum Erstaunen oder dem Ärger der interessierten Mitreisenden. Es bedeutete, hauptsächlich von trockenem Brot zu leben, schwarzen Tee aus der eigenen Tasse zu trinken, wobei Fisch und Fleisch und die guten Dinge des Lebens durch das überkommene Gesetz völlig verbannt waren, selbst wenn er bei Kasse gewesen wäre... Es bedeutete Monate der Abwesenheit von Frau und Kindern in einer Einsamkeit, die nur gelegentlich gemildert wurde, wenn er den Sabbat in einer Stadt mit Synagoge verbringen konnte. Es bedeutete, in primitiven Wirtshäusern oder gemeinsamen

* Kapseln mit Sprüchen aus der Bibel (H.T.)

Übernachtungsstätten zu schlafen, wo streitsüchtige Gefolgsleute des Friedensfürsten ihn oft blutig zu Bett schickten, ihn schamlos seiner Waren beraubten oder durch Einschüchterung oder Drohung um seinen angemessenen Preis brachten, da sie wußten, daß er sich nicht wehren konnte.» Moses Zangwill beendete seine Tage in Jerusalem mit dem Studium der heiligen Schriften. Er führte dort ein asketisches Leben, und vom Geld, das ihm sein zu literarischen Erfolgen gekommener Sohn sandte, gab er den größten Teil an Bedürftige.

Die Mutter Israel Zangwills, Ellen Hannah Marks, stammte aus Zeniatchy bei Brest-Litowsk. Ihr Vater war Bauer und Müller. Sie war zusammen mit einer Kusine zu Verwandten nach London ausgewandert. Dort lernte sie Moses Zangwill kennen, den sie 1861 heiratete. Die Mutter war eine lebhafte Frau, die wenig übrig hatte für die religiösen Studien und die strenggläubige Lebenshaltung des Gatten. Als der Vater nach Jerusalem zog, blieb sie bei ihren drei Söhnen und zwei Töchtern in England. Israel Zangwills Geschwister wohnten auch als Erwachsene beisammen. Das älteste Kind, die Tochter Leah, und der jüngste Sohn, Louis, der sich zeitweise schriftstellerisch betätigte, sollten unverheiratet bleiben. Mark, der nach Israel als dritter geboren wurde, glaubte sich zeitweise zum Maler berufen, gab aber auf. Er heiratete die Tänzerin Kitty Hyde, die in Musikrevuen auftrat, hielt aber die Ehe, terrorisiert durch die uralten Tabus seiner Vorväter, vor der Familie geheim und wohnte weiter gemeinsam mit den Geschwistern, die durch die reichen Einkünfte Israel Zangwills unterstützt wurden. Auch nach seiner späten Heirat und der Gründung eines eigenen Hausstands setzte Zangwill diese Unterstützung fort. Erst nach seinem Tod und in der Folge des Börsenkrachs von 1929 wurden die Einkünfte so klein, daß Leah sie durch den Ertrag von Näharbeiten ergänzen mußte. Die Schwester Dinah heiratete 1911 und übersiedelt mit ihrem Mann nach Palästina, kehrte aber heim, nachdem seine Geschäfte zusammengebrochen waren.

Israel Zangwill ging zur Jewish Free School in Ostlondon, wo dem Jungen, in dessen Familie Jiddisch gesprochen wurde, die normale englische Schulbildung (22 Wochenstunden) sowie die spezifisch hebräische (7½ Stunden) vermittelt wurde. Bald zog man den begabten Schüler, wie es an dieser Schule üblich war, auch als Lehrer für Hebräisch und biblische Gegenstände heran. Während sieben Jahren übte er, zunächst als Schüler, dann als Student von Sprachen und Literatur an der Universität London, dieses Lehramt aus, mit dessen Ertrag er auch die Familie unterstützte. Als er vierzehn Jahre alt war, wollte ihm Lord Rothschild, der auf seine Begabung aufmerksam gemacht worden war, einen Freiplatz im vornehmen Institut von Eton und dann an der Universität Oxford bezahlen. Obwohl Rothschild auch für die Beiträge Zangwills an den Unterhalt der Familie eingesprungen wäre, lehnte der Junge ab, weil er seine Unabhängigkeit bewahren wollte.

Als Sechzehnjähriger erhielt Zangwill den ersten Preis in einem Wettbewerb für Kurzgeschichten. Seine humoristische Erzählung wurde in der Zeitschrift «Society» gedruckt. Als Achtzehnjähriger verfaßte er sein erstes Buch «Motza Kleis» (Matzenknödel), eine Beschreibung des Markttages im East End. Es erregte wegen seiner ironisch-realistischen Schilderungen den Unwillen der Schulleitung. Der Forderung, zukünftige Werke ihrer Zensur zu unterwerfen, begegnete Zangwill mit dem Verzicht auf Veröffentlichungen.

Nach dem Abschluß des Studiums und der Trennung von der Schule begann Zangwills journalistische und schriftstellerische Laufbahn. Seine frühesten Lorbeeren gewann er als Humorist gemeinsam mit seinen Freunden Jerome K. Jerome, Eden Phillpotts, Barry Pain, u. a. als Mitarbeiter in Jeromes Zeitschrift «The

Idler». Seine ersten aus dieser Mitarbeit hervorgegangenen Bücher haben der Zeit weniger gut widerstanden als Jeromes «Drei Mann in einem Boot»*.

Gewichtiger ist Zangwills großer Roman «The Children of the Ghetto» (1892), der von einem neu gegründeten jüdischen Verlag in den Vereinigten Staaten bestellt wurde. Es sollte, wie die Auftraggeber wünschten, ein «jüdischer ‹Robert Elsmere›» werden. Dieser damals viel gelesene Roman von Frau Humphrey Ward ist die Geschichte eines jungen anglikanischen Pfarrers, der in seinem Leben und Wirken die Ansicht vertritt, daß das Christentum eher in der Hilfsbereitschaft für die Mitmenschen als in der Verfechtung bestimmter theologischer Ansichten bestehe. Im gleichen Sinne wollte das liberale Judentum die endlich erreichte politische Emanzipation durch eine Befreiung von einer allzu engherzigen rabbinischen Gesetzestreue ergänzen. Zangwill, ein Kind des Ghettos, war auch ein Kind seiner Zeit und hat sich sein Leben lang zu einer solchen Befreiung von Dogma und Orthodoxie bekannt. Doch er hat nie verleugnet, was ihn in seiner Jugend geformt hat. Als sein Studienfreund Jerome K. Jerome eines Tages darüber klagte, daß Zangwill nicht in seiner Nähe in

* Manesse Bibliothek der Weltliteratur

Chelsea wohne, sondern im fernen East End, sagte Zangwill: «Du kannst nicht verstehen, wie sehr das East End meine Heimat ist. In Bristol waren alle meine Tage einsam. Warum? Weil es dort so wenig Juden gab.» Trotz seiner Distanzierung von der Orthodoxie behielt er zum traditionellen Judentum ein positives Verhältnis. So schrieb er einmal: «Unser Festhalten am Ritual ist voll sublimer Symbolik und seine Disziplin höchst heilsam... Zeremoniell ist das Schatzkästlein der Religion.» Doch er begnügte sich mit einer Ziviltrauung mit seiner von christlichen Eltern abstammenden Frau und unterließ bei seinem ersten Sohn die Beschneidung. Schon vorher hatte er mit seinen Geschwistern die Wohnung im East End aufgegeben. Nach der Verheiratung zog er in ein Dorf in Essex und behielt eine kleine Stadtwohnung in dem nach dem einstigen Sitz der Tempelritter genannten Gebäudekomplex des «Temple».

Zangwills Gattin, die er 1903, auf der Höhe seines Ruhmes heiratete, war Edith Ayrton, die Tochter des Physikers und Elektrotechnikers Prof. W.E. Ayrton, der als Witwer eine Jüdin, Phoebe Sarah Marks, eine Kusine von Zangwills Mutter, geheiratet hatte. Sarah Marks war eine bemerkenswerte Persönlichkeit. Die Schriftstellerin George Eliot, als Verfasserin des 1876 erschienenen Romans «Daniel Deronda» eine nichtjüdische Vorläuferin des Zionismus, hatte dem begabten Mädchen das Studium im Girton College ermöglicht. Als Studentin der Technischen Hochschule von Finchley lernte Sarah Marks Prof. Ayrton kennen, der dort Physik und Elektrotechnik lehrte. Sie wurde seine Mitarbeiterin und ist als erste Frau in die Royal Society of Electrical Engineers aufgenommen worden. Starken Anteil hatte sie an der Bewegung für die Einführung des Frauenstimmrechts, und dies Interesse übertrug sich auf Stieftochter und Schwiegersohn. Bei der Heirat gab Zangwill der Braut drei große Schecks für die Dinge, die ihr am meisten am Herzen lagen: Wohltätigkeit, Frauenstimmrecht und Zionismus. Sie ihrerseits lernte Hebräisch, und Zangwill sagte einmal: «Sie ist eine weit bessere Jüdin, als ich ein Jude bin.» Der Ehe entstammen zwei Söhne und eine Tochter.

Die Heldin von Zangwills «Kindern des Ghettos», Esther Ansell, ist in mancher Hinsicht eine Verkörperung des Verfassers, und viele seiner Gestalten ließen sich mit lebenden Vorbildern identifizieren. Er entwickelt eine ganze Typologie des Judentums, von der Orthodoxie bis zum Freidenkertum, von der Assimilation bis zur «Liebe für Zion», der Bewegung, die dem Zionismus voranging, von den bitter armen Juden des East End bis zur reichen Familie des West End, wo ein altes katholisches irisches Dienstmädchen scharf aufpaßt, daß die strengen Regeln des Rituals nicht verletzt werden. Das Buch gehört in die Reihe der realistischen Romane von Gissing, Moore, Morrison, Maugham. Mit ihnen, die sich gerne in der Schilderung der Elendsviertel ergingen, teilt es die Vorliebe für das Pittoreske, das Interesse für die Welt der Armen. Es ist Zangwill gelungen, diese Welt, aus der er stammt, in krassen Schilderungen mit viel Humor lebendig zu machen. Der Erzähler, der sich selbst mit dem Ghetto und dem Judentum auseinanderzusetzen hat, fällt oft ins Räsonieren und Moralisieren. Doch die Vergegenwärtigung des Londoner Judentums – so wie es sich gegen Ende des Jahrhunderts, d.h. in der Zeit des neuen Zustroms aus Osteuropa, darstellte – mit seinen charakteristischen Lebensformen und seinen vielfältigen geistigen Bestrebungen, bleibt eine große Leistung. (Heute sind Asiaten und Afrikaner aus dem einstigen Kolonialreich ins East End nachgerückt; sie haben auch den Rassenhaß geerbt, der sich in den dreißiger Jahren von seiten des englischen Faschisten Mosley und seiner Anhänger gegen die Juden richtete.) Hätte Zangwill länger gelebt, so hätte er den «Kindern des Ghettos» vielleicht durch eine Überarbeitung ein dauerndes Überleben gesichert. Es ist wohl dieses Buch, das den jiddischen Schriftsteller Schalom Asch zu den Worten veranlaßt hat, Zangwill sei der Scholem Alejchem des englischen Judentums.

Für Zangwills Stellung zum Judentum bezeichnend ist die Haltung seiner Heldin Esther. Sie wird von einer reichen jüdischen Familie im West End aufgenommen, erhält eine gute Schulung und hat Umgang mit Leuten gehobenen Standes, doch kehrt sie ins Elend des Ghettos zurück, dem sie sich zugehörig fühlt. Obgleich Zangwill ganz im Sinne seiner Mutter von der Strenge der starren Orthodoxie nichts hielt, befaßte er sich immer wieder mit jüdischen Themen und setzte seine Kräfte bis zur Erschöpfung für die Juden ein, wo sie in Not waren.

Von der reichen literarischen Produktion Zangwills – es handelt sich um Romane, Erzählungen, Reden und Essays sowie um Theaterstücke über soziale und politische Themen, die zu ihrer Zeit mit großem Erfolg über die englischen und amerikanischen Bühnen gingen – ist das meiste heute in Vergessenheit geraten. Eine Sammlung von Erzählungen, «Dreamers of the Ghetto», behandelt historische Geschehnisse und Gestalten aus dem

Ghetto des 16. Jahrhunderts bis zur Gegenwart. Die «Träumer», unter ihnen Uriel da Costa, Spinoza, Heine, Lassalle, Disraeli, sind Juden, die dem rabbinischen Gesetzeszwang entfliehen und ganz im Sinne von Zangwills humanistischer Weltbetrachtung für das Wohl der Menschheit wirken wollen, so wie Ferdinand Lassalle, «ein gütiger Soldat im Befreiungskrieg der Menschheit», oder Disraeli, der Tory-Demokrat, bei dem «die Adligen das Volk glücklich machen, das vom Mittelstand ausgeplündert wird», wie Zangwill schreibt. Doch der Traum einer Synthese von «Hebraismus und Hellenismus», d. h. Gottes- und Gesetzesgehorsam und rationaler, autonomer Lebensführung, geht nicht in Erfüllung. Die letzte Erzählung schildert einen jungen emanzipierten Juden, der sich den Tod gibt, weil ihm die Welt nach dem Verlust des Glaubens kalt geworden ist.

Auch als völlig assimilierter Literat und Mann des öffentlichen Lebens, der mit den berühmten Schriftstellerkollegen verkehrte, von den Großen der Politik, wie vom Premierminister Lloyd George, empfangen wurde und seine Stimme zu wichtigen öffentlichen Fragen erhob, blieb Zangwill aufs engste dem Judentum verbunden. Die Geschichte des jüdischen Volkes bot ihm auch nach vielen Exkursen in die nichtjüdische Umwelt den Stoff zu seinem letzten, unvollendet gebliebenen Roman. Es war das Leben des Barons von Offenbach, eines zum Christentum übergetretenen Anhängers des «falschen Messias» aus Smyrna, Sabbatai Zwi, der im 17. Jahrhundert die Judenheit erschütterte.

Zangwills Haltung zum Judentum blieb zwiespältig. Er war davon überzeugt, daß man sich von den Fesseln der Orthodoxie lösen und zu den Errungenschaften der Aufklärung bekennen müsse. Doch für ihn war das Judentum «keine abstrakte Metaphysik, sondern ein durch Jahrhunderte geheiligter liebenswerter Weg, das Gemeinschaftsleben zu führen». Manchmal dachte er an eine Versöhnung zwischen Judentum und Christentum, indem man Jesus «seinen wahren Platz in der glorreichen Reihe hebräischer Propheten» einräume. Das Judentum hat nach Zangwill eine besondere Mission. In Abwandlung des messianischen Glaubens sagte er einmal, das Ziel der jüdischen Nation sei die Verbrüderung unter den Völkern. Doch das Problem sei, wie man die Gemeinschaft Israels erhalten könne, ohne die Gemeinschaft der Menschheit zu verlieren.

Im Jahre 1895 kam Theodor Herzl nach London und warb bei Zangwill für sein Projekt des Judenstaates. In seinem Tagebuch schreibt

Herzl: «Das Haus ist ein etwas dürftiges Heim. In der mit Büchern tapezierten Studierstube sitzt Zangwill vor einem enormen Arbeitstisch, mit dem Rücken gegen den Kamin. Auch dicht beim Feuer sein Bruder, lesend. Machen beide den Eindruck fröstelnder Südländer, die nach der *ultima Thule* verschlagen worden sind. Israel Zangwill hat einen langnasigen Negertypus, sehr wollige, tiefschwarze, in der Mitte gescheitelte Haare, und im glattrasierten Gesicht den Ausdruck von hartem Hochmut eines nach schweren Kämpfen durchgedrungenen ehrlichen Strebers. Die Unordnung in seinem Zimmer, am Arbeitstisch, läßt mich erraten, daß er ein verinnerlichter Mensch ist. Ich habe nichts von ihm gelesen, glaube aber, ihn zu kennen. Er muß alle Sorgfalt, die sein Äußeres vermissen läßt, auf seinen Stil verwenden.»

Zangwill war stark beeindruckt von Herzls königlicher Gestalt und unterstützte ihn in seinen Plänen. Dabei wußte er um die Unterschiede zwischen ihm und dem völlig assimilierten Herzl, der von sich selbst gesagt hat, er sei ein Jude «von Gnaden Stöckers», des damals bekannten antisemitischen preußischen Hofpredigers. «Herzl, obwohl eine Verkörperung all dessen, was am besten ist im jüdischen Wesen, war merkwürdig unwissend über das Judentum und begnügte sich, einen Juden als rein biologisches Phänomen aufzufassen», sagte Zangwill.

Als angesehener Schriftsteller konnte Zangwill dem werdenden Zionistenführer wertvolle Kontakte vermitteln, zunächst bei dem von ihm gegründeten Klub der «Makkabäer», der hervorragende Männer aus dem jüdischen Geistesleben vereinigte. Zangwill ging von 1897 bis 1908 Jahr um Jahr zu den Zionistenkongressen in Basel. Einmal sagte er zu seinem Freund Jerome K. Jerome, er habe sein halbes Leben für den Zionismus verschwendet.

1903 wurde am Zionistenkongreß der sogenannte «Uganda-Plan» diskutiert, die Ansiedlung von Juden in Ostafrika, die den Zionisten vom britischen Kolonialminister Joseph Chamberlain angeboten worden war. Herzl und Zangwill sahen darin vor allem das notwendige Asyl für die verfolgten Ostjuden; das Pogrom von Kischinew, das in der Osterwoche 1903 fünfundvierzig Tote und Hunderte von Verletzten gefordert hatte, wies als Schlaglicht auf die ständige Gefahr. Doch die russischen Zionisten, die eine nationale Wiedergeburt anstrebten, zu der auch die Wiederbelebung des Hebräischen im Alltagsgebrauch gehört, pochten auf Palästina. Es kam am 7. Zionistenkongreß von 1905 (Herzl war im August 1904 gestorben) zur Spaltung. Zangwill gründete die «Jewish Territorial Organization» (nach den jiddischen Anfangsbuchstaben abgekürzt ITO), die nun nicht nur in Uganda, das sich bald als ungeeignet erwies, sondern in der ganzen Welt nach Siedlungsgebieten suchte. Expeditionen wurden nach der Kyrenaika, nach Australien, Kanada, Mesopotamien geschickt, man verhandelte mit Portugal über Angola und versuchte, einen Teil des mächtigen Einwandererstroms, der sich an der amerikanischen Ostküste sammelte, nach dem Westen und Süden der USA abzuleiten. Die Landung von zehntausend jüdischen Emigranten im texanischen Hafen Galveston war schließlich der einzige Erfolg der ITO. Er wurde durch ein in Deutschland vom jüdischen Vizedirektor des Norddeutschen Lloyd, Arthur Meyerowitz, präsidiertes philanthropisches Komitee ermöglicht. (Der Norddeutsche Lloyd unterhielt eine Schiffahrtslinie nach Galveston.) Zu der erhofften Massenansiedlung in einem eigenen Territorium mit Selbstverwaltung kam es nirgends. Zangwill setzte sein Geld und seine Arbeitskraft für die ITO ein. Einmal sagte er, er sei jeden Tag wie ein Geschäftsmann in die City gefahren, um die Angelegenheiten der ITO zu regeln, und habe in ihrem Dienst über zehntausend Briefe diktiert. Da Zangwill als allgemein anerkannter englischer Schriftsteller in der englischen Sprache und ihrer nach wie vor lebenssprühenden Literatur seine geistige Heimat gefunden hatte, war er nicht im gleichen Sinne auf «Zion», auf den jüdischen Staat, eingestellt wie die russischen Zionisten um Weizmann. Für ihn war es überdies, wie erwähnt, die Sendung der Juden, die Einigung der ganzen Menschheit herbeizuführen.

So ging Zangwills Zionismus auf in universaleren Bestrebungen. Er bekannte sich zu einem Pazifismus im Sinne Tolstois. Während des Burenkrieges (1899–1902) schrieb er den Roman «The Mantle of Elijah» als Protest gegen den Imperialismus und den enragierten Nationalismus. In diesem Geiste verfaßte er 1911 ein Theaterstück «The War God» mit zwei Gegenspielern, von denen der eine Charakterzüge Bismarcks, der andere die Tolstois trägt. Er bewunderte Ibsen. Fürs Frauenstimmrecht warb er an einer Massenversammlung in der riesigen Albert Hall mit derartiger Eloquenz, daß die Geldsammlung, mit der die Veranstaltung, wie üblich, endete, eine gewaltige Summe einbrachte.

Im Gegensatz zu den Zionisten setzte Zangwill die möglichst rasche Rettung der Verfolgten an erste Stelle – vor die Frage der nationalen Wiedergeburt. Die Auswanderung nach Amerika, das noch lange Jahre die Grenzen offenhielt, erschien ihm deshalb als ideale Lösung. Er gab dem 1908 in seinem Bühnenwerk «The Melting Pot» (Der Schmelztiegel) Ausdruck, einem Stück, das vom amerikanischen Präsidenten Theodore Roosevelt bei der Aufführung in Washington mit Begeisterung begrüßt wurde. Die Kritik fand wegen übermäßiger Rhetorik viel zu tadeln. Das gefeierte Aufgehen im Schmelztiegel Amerika, d. h. die endgültige Assimilation, war den Zionisten ein Greuel und sollte selbst in Amerika an Grenzen stoßen.

Auch nachdem die Briten den Zionisten 1917 in der Balfour-Deklaration die Errichtung einer Heimstätte in Palästina zugesichert hatten, blieb die ITO bestehen, denn die beschränkte Aufnahmefähigkeit Palästinas unter der restriktiven Politik der britischen Verwaltung machte die Suche nach einer andern Zufluchtsstätte für die Massen der Ostjuden nicht überflüssig. Zangwill kritisierte den Zionistenführer Weizmann und den ersten britischen Hochkommissar, den Juden Lord Samuel, weil sie seiner Meinung nach gegenüber den britischen Behörden in Palästina, die der jüdischen Einwanderung alle möglichen Hindernisse in den Weg legten, viel zu höflich und schüchtern seien. Heute kann man in dieser Kritik Zangwills ein Vorspiel zu den Spannungen zwischen

Weizmann und Ben Gurion sehen, die in den letzten Jahren vor der Staatswerdung über der Frage der Gewaltanwendung auch gegenüber den Briten ausbrachen. Angesichts der Haltung der britischen Kolonialbehörden müsse man von einem Versagen des Zionismus sprechen, erklärte Zangwill 1923 in einer großen Rede in den USA. Damit erregte er allerdings die größte Empörung; Weizmann sprach von Hochverrat.

Die ITO löste sich 1925 auf. Die von Hitler 1933 verschuldete Fluchtwelle, der die Briten in Palästina immer engere Schranken entgegensetzten, führte zu einer Wiederbelebung des Gedankens, der den Bestrebungen der ITO zugrunde lag. Die «International Jewish Colonization Society» und die «Freeland League for Jewish Colonization» suchten in der ganzen Welt nach Zufluchtsorten für die bedrohten Juden. Der Erfolg blieb aus. Der Zionismus trachtete nach nationaler Wiedergeburt, die ITO nach nacktem Überleben; hatte sie ein echteres Gefühl für die drohende Gefahr? Angesichts des Mißerfolgs ihrer Bemühungen erscheint die Frage heute müßig. Der englische Philanthrop Montefiore sagte Zangwill einmal, die von der ITO ins Auge gefaßten Gebiete seien entweder für Siedler ungeeignet oder von Leuten bewohnt, die gegen eine jüdische Einwanderung seien. Nur auf dem Mond gäbe es noch Platz. «Auch dort nicht», sagte Zangwill, «der Mann im Mond ist sicher Antisemit.» Die Zionisten konnten immerhin von 1933 bis 1939 rund 225000 Einwanderer nach Palästina bringen. Und ohne jenen unabhängigen Staat, der 1948 die Tore für die Überlebenden weit öffnete, hätten auch diese noch lange ratlos auf Gnadenakte warten müssen.

Vor Ausbruch des Ersten Weltkriegs sah Zangwill, wie viele andere, die Kriegsgefahr voraus. Einmal meinte er, man sollte eine unbeschränkte Menge von Dickens' Weihnachtserzählung «Christmas Carol» über den deutschen Städten abwerfen, um den preußischen Militarismus zu bekämpfen. Sein Bekenntnis zum Pazifismus hinderte ihn allerdings nicht, nach Kriegsausbruch für England einzustehen, da dieses eine freiere und weniger selbstsüchtige Kultur vertrete als seine Gegner. Zusammen mit einigen wenigen andern Intellektuellen hat er auf dem Höhepunkt des blutigen Stellungskrieges für einen Verständigungsfrieden geworben.

Nach der russischen Oktoberrevolution im Jahre 1917 schien es für einen Augenblick, daß mit dem Zarismus der Hauptfeind des Judentums im Osten verschwunden sei. Zangwill sprach an öffentlichen Versammlungen, an denen unter dem Schlagwort «Hände weg von Rußland!» gegen die antibolschewistische Intervention der Westmächte protestiert wurde. Doch bald enttäuschten ihn auch die Bolschewiken. Er bezeichnete ihren überstürzten Radikalismus, mit Anspielung auf die Schuhflicker, bei denen man auf die Reparatur gleich warten kann, als «Socialism while you wait».

Die letzten Lebensjahre Zangwills waren überschattet vom Mißerfolg, den er mit seinen Bühnenwerken hatte. Da er glaubte, die Kritik behandle ihn zu schlecht, entschloß er sich, eine Reihe seiner Stücke auf eigene Rechnung nochmals in London auf die Bühne zu bringen. Der Erfolg blieb aus, und Zangwill rieb sich in Rechtshändeln wegen der finanziellen Folgen auf. Er erlitt einen Nervenzusammenbruch und starb am 1. August 1926 als Zweiundsechzigjähriger.

Herbert Tauber

Inhalt